最远的旅行，
是从自己的身体到自己的心

西藏散步

王臣作品

中国出版集团
现代出版社

旅途，是隐藏秘密最深的地方

人生至少要有两次冲动：一次为奋不顾身的爱情，一次为说走就走的旅行。这段话讲得真好。而今，再写到这段话，与初读之时，已是今非昔比，物是人非，另有感触。当中，隔绝的是：一个单纯少年的失意、落寞与伤心和一个俗世青年的伪装、假意与虚情。

是从什么时候开始，我们的举止言行也渐渐变得小心翼翼，甚至学会了逢场作戏，仿佛随时可能变成昔日自己所讨厌的表里不一的人。可是，内心深处分明都住着一个想远离喧嚣的自己。因此，有了旅行。只是，旅行之于我的意义，昔时与今日又大有不同。

曾以为，旅行之最迷人处便是路遇之喜，但后来，我不这样想了。旅行，应该是为了让我们在人世看得更多、更远、更深之后，重新热爱昔日弃之如敝屣的日常琐碎和庸碌生活。朴素是真，平淡是福。这是无数资深的旅人共同告诉我的道理。

谢先生，重庆人，1983年的。是我五年前去拉萨的时候结识的朋友。当时，谢先生在做酒店管理的工作。在拉萨的那段小时光，

常与谢先生厮混。去酒吧喝到酩酊大醉，在酒店聊个通宵，还一起在拉萨河里漂流了好一段距离。

当时，谢先生留长发，皮肤黑红，身材挺拔，眉清目秀，举止斯文。不过，看着常是一副心事重重的样子。虽然年轻，但是仍有一种潜滋暗长的沧桑感。在拉萨，唯有与他说话投契，心里轻松。人与人之间讲究缘分，说到底，浊浊人世，能有几个愿意与之说话又彼此愉快的人，已很难得。

离开拉萨之后，在成都也与他见过一面，记得当时他要从成都出发，沿着滇藏线骑行。临行之前，与之小晤。因为年纪渐长，在谢家二老心中，谢先生的婚嫁之事似乎迫在眉睫，为此，谢先生内心颇有压力。工作方面似乎也不大顺利。看得出来，他不太开心。

至于婚嫁之事，谢先生说自己尚未遇得良人，并无婚嫁之念，甚至还说，很可能此生他便就一个人这么过下去了，不打算结婚。听着伤感，但是谢先生说这些话的时候，看着十分坦然。想来，关于这件事，他内心早有取舍和规划了。

再后来，他去了云南、宁夏，去了尼泊尔、缅甸、柬埔寨、老挝……每每听到他在他乡异国的消息，总想着，哪一日自己也得跑去他在的地方，看看他所看到、看过、看着的一切。晃眼便是五年。前几日，重又与他在微信上说话。他告诉我，他要结婚了。

我说，你不是不打算结婚吗？他讲，走过的路越多，看过的世界越大，一颗心反倒觉得孤零。其实，最美的风景就该是，几片砖瓦一个家。是旅行，让他知道一颗心的安定是多么要紧。心定了，世界便清明了。重要的是，终有一日，会有一个人让你知道，再美的风景、再大的世界也抵不过她看你的一秒温情。

祝谢先生一切都好。

数万公里的穿梭、奔波与来去，哪怕见尽了人间的繁华世情与妙丽风景，为的也不过是让一颗日渐浮躁、干涸的心，重新变得饱满、

安定。最远的旅行，是从自己的身体到自己的心，是从一个人的心到另一个人的心。

愿你这一生不虚此行。

王 臣

二〇一六年一月

我们始终没有牵手旅行

一个人，
要有多大的勇气，
才敢对爱，念念不忘？

一个人，
要有多大的决心，
才能和爱，分开旅行？

许巍，唱《旅行》。“阵阵晚风吹动着松涛 / 吹响这风铃声如天籁 / 站在这城市的寂静处 / 让一切喧嚣走远 / 只有青山藏在白云间 / 蝴蝶自由穿行在清涧 / 看那晚霞盛开在天边 / 有一群向西归鸟……让我们就这样相爱相遇 / 总是要说再见 / 相聚又分离 / 总是走在漫长的路上。”

人与人之间的聚散悲喜，平日里，会变得细碎微琐，成为日常生活。但在路途之上，却不同，它们会被还原成最初的模样，成为内心力量映照出的珍贵点滴。会变成一帧一帧或温柔或雄劲的记忆画面。陈列在时光深处，供生命纪念，支撑未来的自己。

所以，你告诉我，最好的时光在路上。对你的一字一句，以至一颦一笑，我都是坚信不疑。因这世上，有了一个你，我方才成为我，与别的任何男子皆有细微差别的我。温柔有时，暴烈有时。并以为孤独，是宿命。

于是，我会开始担心。

担心自己的身体，有朝一日会在这庸碌的生活里被磨成一艘老去的木船。没有梦想，没有远方，甚是没有儿女情长。那样的话，真是可怕。而今，你告诉我，是时候上路了。去漫游，去远行，去流浪。你说，我的身体属于路途，属于远方，属于山，属于水，属于风月，属于花雪。

我依然相信你的话。

所以这一日，我决定出发。如你所说，我们不应一生庸碌，我们理应活得热烈丰盛。而路，是一定要走的。不只是为生计驱迫的水泥小路，更需要的是，停下来，去“歧途”。去走，蜿蜒的、陡峭的、僻静的、迂回的，甚至无尽险峻的，长满红花绿草或是高树森然的路。

可是亲爱的，你不在。

我们始终没有牵手旅行。

若问我旅行的意义，我定是答不上来的。那是属于人生的课题。能够回答人生的，只有时年、岁月以及那些行于路上的收获和体悟。而旅行之前，谁也不会知道路遇之人、之事、之情会带给自己如何的惊动和深意。一场旅行，许就会改变整个人生。

这又是旅行最令人着迷之好。

而这旅行之难，却也实在值得一提。会说，没有时间。会说，财力储备不够。会说，总遭遇种种意料之中或意想不到之困阻。所以，它往往一直住在计划当中，一日，两日，甚至一住多年，不能被实践。可是有一日，翻杂志，赫然看到一句话：

所有不能旅行的原因都是借口。

细想，再深想。你一定知道这句话说得是多么精准，多么好。早在半年之前，便与亲友们说过要开始旅行的事。朋友里的 J 小姐听到之后尤为兴奋。她说，你一定要来拉萨，必须要来拉萨。身在拉萨的 J 小姐便跟我讲述了拉萨的种种好。而拉萨的好，世人一早便知道。

于是，我说：好。

从哪里开始自己的行程，看上去是重要的，却也是随缘来定的。既有人向我提出这样一个众人心向的去处，那么，以拉萨当作自己旅程的开端、第一站，想来也是很好的。

人生总是需要一些或抵死缠绵或销魂旖旎的爱与恨的交织，方成其味。亦需要一些陌生远路来颠簸、浪行，方成其色。其实，青春，它是一条无尽长路，不止三年、不止五年、不止十年，它，分明就是一辈子的事。如果，你，在路上。

母亲信佛。她得知我要去拉萨时，再三叮嘱我拜佛。我说，好。

这世上，如果还有一个城市，是一辈子非不去可的。那么，它一定是——拉萨。那一日，天蓝如洗，我心如镜。飞行在三万英尺的天空上。我写下这篇序。

这本书，写给你。

写给，漫长旅途和圣城拉萨。

写给，朝圣和皈依。

写给，在路上的人。

王 臣

二〇一二年四月

目录

contents

001 出发

008 到达

之一 前世 · 身未动，心已远

016 莲花

041 重量

056 微光

069 对照

081 落寞

093 废墟之丽

103 心之仪轨

115 日光倾城

132 流散的人

之二

今生·岁月长，衣裳薄

146 寂静或喧嚣
158 寺与宫
170 孤独
182 色即是空
191 路遇之喜
205 山路
213 传奇
228 烟火
241 流浪，狗
253 一线

261 **回家**

出　发

西藏。

因其信仰之力量，使其殊胜于世界地图之上。令无数路上的行人痴往。而拉萨，是西藏之眼、之心、之内核。与藏地有关的一切隐秘情动皆在这座古老城池里得到凝聚，继而变成可触可感的人间烟火。于是，你我方才得到机会与之亲近。

你一直说，拉萨，这辈子至少要去一次。而今，我即将启程，终将这绸缪许久的旅行计划付诸实施。去之前不是不激动的，总想着，那遥远的圣城，在书册里、照片中触抚了多年，而今竟要真的一点一点露示于面前，实在是有一些难抑的情意在涌动。

幼年便听父亲说，他年少当兵时去过许多地方。而在父亲说的众多地方当中，拉萨是印象最深的。父亲提到过经幡、玛尼堆、黝黑纯朴的藏民，还有醇香的酥油茶和甜茶。犹记得父亲说他最迷恋的是拉萨的水。纳木错。拉姆拉错。羊卓雍错。

彼时，藏地是世外的，对于我而言。拉萨亦是心中的莲花之城、天堂之城，因其信仰之能量成为高高在上的、遥不可及的。甚至是虚渺的，朦胧不清的，许是永久无法触及靠近的。长大之后，从越

来越多的人口中听到她。也看到越来越多的人迷恋她，痴情于她。

并，奔赴于她。

她似成为一种图腾。成为一处世人信奉的灵魂放逐与净化之地。成为一个生命返真皈依的意象。成为一个与别的任何地名都有截然相迥之意味的名词。庄严，肃重。

在确定下行程之后的几日当中，我定下了成都飞往拉萨的机票。从成都双流机场到拉萨贡嘎机场，不过两小时的航程。订的是早上八点的打折机票，拿到票号之后，竟心有恍惚。大约，是连自己都不相信，被无限延期的旅行计划果真要实施了。

而我，竟果真要去拉萨了。

临行之前，应景似的买了几册写拉萨的书。J小姐说，你身体虽壮实，但越是强壮的人，肺活量越大，因此也越是容易发生高原反应。但我未依照J小姐的叮嘱，坚持没有吃任何药物。始终认为身体的事，自己支撑身体扛过去总是强过依赖药物。

J小姐也嘱咐我初次去往拉萨准备好防晒用品。虽男人保养是极寻常的事，但素来不懂也极少做保养如我之辈（平日里实在是个极粗糙的人，细腻心思都交付与文字，再未作他用），听说去拉萨需要准备防晒品，仍是有小皱眉头。向朋友们羞愧地打听了一番，买下了合适的一套。

然后，算好时间，在离开成都飞往拉萨之前，将所有的工作都按时做完。一切冗杂事宜亦皆一一处理干净。我知道，我不能带任何累赘去旅行。定要心无牵挂地，踏上行途。

临行前一日，收拾行李至凌晨近两点，倦意深浓时方才睡下。“在疲乏之中沉没，并且飞行”。黄碧云写的句子。至此，一切准备就绪。我知道，明日之后的一切我都将交付给路途，交付给可预知的疲乏和不可预知的欢喜。

交付给沉没，交付给飞行。

次日，五点半起床。六点，背上背包，拖着行李，坐上了去往机场的出租车。彼时，天色尚暗，偶有熹微晨光。冷冽空气吹来，似夹有淡雅的桂花香气，深觉美妙。是在这样一个温柔又寂静的清晨，我踏上了行途。

去往拉萨。

到　达

从成都出发。

终点是拉萨。

检票，登机，坐定。完成这些事不过半小时，而落座之后，到出舱之前的两小时又十分的时间，竟恍若度过了小半生。飞行在三万英尺的高空，内心深处之起承转合，皆被串联到位。这三万英尺的高空仿佛是一座无垠的天空之城。

我将穿越它而去。

时见窗外浮云涌动，是城中女子。时遇叠嶂峦峰交错，似硬朗男儿。又有锋利日光为景，颠簸气流为景。这城中，一物更比一物灵动。眼下这一切的发生，梦与飞行。不时予我一种不真实的惊动。今遇的云、山、光与气果真比往日所遇的美，还是我心里有偏颇以至我见它们总要比平常多出几分心悦。

或者，是知道自己与拉萨越来越近的缘故吗？不确知。这日，机舱内人不多，大半座位没有乘客。冬日里去往拉萨的人终归还是要比其他时间少得多。如此一来，倒也落得清静，不必为了与邻座刻意寒暄保持来逼迫自己开口。

带了几本写拉萨城的书，全无读它的兴致。这应景式行为的热情到底是有限的。倒是顺手放进背包里的一册舒国治的《流浪集》，读起来颇有滋味。舒国治的文字，古老又清瘦，不适宜诵读，但适合这日光渗进机舱的上午，一字一句摸索。

在即将抵达的时候，窗外地貌不断地剧烈变化。雪山。草地。沙地。河流。从成都双流机场飞机起飞，经过两小时十分钟的飞行，是日上午十点，抵达拉萨贡嘎机场。

初踏藏地刹那，内心竟忽地变得极静。但也自知，分明也有一股暗流，在身体里涌动。缓慢，又缓慢。却又实在是深劲，牵动着身体每一寸。我想，世间所有聚散都是循环因果，都是前世、前前世的业报。我相信，我与拉萨的缘不会浅。

下了飞机，走出舱门的时候，迎面一阵凉。空气寒意虽也未浓，但较之机舱内的温度实在要低许多。穿过登机通道抵达拉萨贡嘎机场的大厅时，有一种莫名感触涌上心头。似是许久不见，故人相逢。

出大厅前准时接到J小姐的电话，被告知她已抵达机场，在出口的广场等候。走出大厅。来到广场。环顾四周，有藏民司机开始上前搭话。口音浓重的普通话，这一刻竟是如此悦耳动听。

抬头，但见潇洒日光落下。
拉萨的天，极蓝。
拉萨的天，极干净。

J 小姐前一夜通宵饮酒，凌晨睡下。睡眠不过三五小时，便与友人 H 先生又一起驱车来到贡嘎机场，实在辛苦得很。J 小姐的生活，正是拉萨日常之肆意磊落的写照。与 J 小姐识于文字，算来已很久，而这，却是我与她初次相见。

J 小姐穿一身白，戴一顶帽，绒绒一身。以至于后来当我提起家中养有一条拉布拉多犬时，J 小姐也开始被众友人唤作美丽"贵宾"。这比喻倒也实在是生动形象。J 小姐是个美人，在外是极活泼的，虽内心亦有时沉静有时孤僻，但总的来说，是热情的。

从机场去往拉萨城区的一路之上，有羊群，有牧人，有寺庙，有雅鲁藏布江的澄碧支流沿路流淌、穿梭。我坐在 H 先生的车里，痴傻望了很久，终于忍不住提议 H 先生把车停在路边，让我好好看一看。H 先生说，这拉萨，处处是景，又美又妙。世人到此，皆不愿回。

我也不能例外。

那一刻。仿佛，能听见天葬台上食腐秃鹫的哀歌，深邃无底，诱我坠陷。仿佛，能听见大昭寺里的僧人回环低沉的诵经声，无限光明，召我迫近。而我，亦是义无反顾，随声而去，靠近，再靠近。俄耳甫斯的金竖琴对此也无能为力。

这拉萨之行，从彼时彼刻，变成旋涡。我亦是永劫不复。自此，在拉萨的所有离开或许都将成为小别，归来才是终局。我信。

之一

前世·身未动，心已远

莲　花

1

住在布达拉宫，
我是雪域最大的王。

流浪在拉萨街头，
我是世间最美的情郎。

仓央嘉措。他是八廓街的永恒话题。男人说他，女人说他，老人说他，孩童也提及他。仿佛他是舌尖莲花，引度众生念他。念得多了，好像这拉萨街头、八廓街上，处处都浮荡着他的心咒。令人疯魔一般，心随他去，身随他往。

彼时与八廓街初见，只觉一切好静。

2

头一日。

从贡嘎机场驱车抵达拉萨城时，已是中午。J小姐提议这在佛城拉萨的第一顿饭理应“茹素”。我也觉得提议甚好，于是，同H先生一行人便去往J小姐推荐的一家素餐馆：圣地素餐馆。

据J小姐说，这家餐馆是一位活佛开的。内中所设各色菜式也都是活佛自己研制的。均采用素食材，但却做出荤菜的模样，看上去是一块肉，轻咬一口才发觉是一块豆腐。那颜色、味道皆是上品。后来，先后去过三回，跟不同的人。

有音乐人，有作家，有酒店负责人。

下午，确定了住处，是一家离八廓街很近的客栈。暮野驴舍。客栈位置算僻静。在林廓南路中段的一条巷子内。门旧而窄，入内即是上客房的楼梯。四面墙上贴满各式标语、告示和照片。虽略显杂乱，但所预见的气氛还是有的。

客栈内部到处挂满经幡，一道一道，看过去，甚觉壮观。客栈负责人是一位东北姑娘，在拉萨已住下数年，大家叫她“七月”。我写她Q小姐。Q小姐为人热情豪爽，再三嘱咐这头一日要小心，尽量多休息，休息好了，既能缓解甚至避免高原反应，也能储备精力来日去行游。

但J小姐之邀，实在盛情难却，于是，终究未听七月的忠告，马不停蹄地赴约。与J小姐、H先生等人去往了一所慈善幼儿园看望拉萨贫苦的藏族小少年们。学校的位置在拉萨老城区。共三间房（两

间当作教室，一间当作活动室）和一个小院。看过去皆十分破旧。

据J小姐说，他们有个雪莲花爱心组织。虽组织年轻尚不成熟，但却聚集了一群热心年轻人。她自己便是其中一个。会不定期来支教，或筹资筹物支援学校。

学校是由一对藏族夫妻自己捐钱筹建的。而这对藏族夫妻不是当地富户，更不是贵族，却是本已极贫寒依靠低保生活的人。因为实在困窘，根本没有经济能力再聘请教师，所以全部的课程都由他们夫妻二人自己亲自授课。

学校共有孩童四十余人。来学校的孩子多半都出自极贫困的家庭，因此大部分学生上学都是免费的。少数家境稍好的孩子，家里每月会交付四十元人民币当作学费。但显然，这微薄的费用是几乎起不到任何明显作用的。而今，学校时刻面临被迫关闭的危险。

长期以来，都依靠雪莲花的朋友捐献的资金物品艰难维持。而这一些仍旧不是最重要的。最重要的，文化程度有限的夫妻二人亲自授课实在是力有不逮。没有一定文化程度并且固定的老师，才是最令夫妻二人担忧的。

而这个问题始终无法得到彻底解决。如我一般的过路人所能做的便只是来到拉萨的当下不定期地给孩子们授课。如J小姐一般虽长居拉萨但自身有固定工作的，亦无法全身支教，不管不顾。

这世间事，常令人唏嘘，并且无奈。

在雪莲花慈善幼儿园，我度过了在拉萨的第一个下午。那日，阳光丰盛至奢侈的地步，拉萨城笼罩在温煦的光中。空气里亦仿佛有一种超脱的清净之味。幼儿园门口有一只家犬俯卧在地，看着我。是它，目送我离去。

这便是我与拉萨的初见。

3

玛吉阿米。

八廓街上的一座小小黄房子。

从相册书章当中遇见它许多次。从仓央嘉措的史料典籍当中遇见它许多次。倒未曾想过，某个晴暖的傍晚，会在拉萨城里那个叫作“玛吉阿米”的餐厅里，饮一杯甜茶，翻一本画册，然后倒头去睡他十几分钟。而今，我抵达了它处。竟似重逢。

与L小姐初识，是在玛吉阿米。

那日，离开幼儿园时虽尚不见暮色，但时已是傍晚。送我回客栈的路上，J小姐提到了我于2010年出版的书。为仓央嘉措立的

传:《世间最美的情郎》。于是，我们谈到了诗歌，谈到了历史。谈到了——仓央嘉措。

曾虑多情损梵行，入山又恐误倾城，
世间安得双全法，不负如来不负卿。

不负卿。不负那诗意之美。实在不是锱铢于不可靠、未能知的细节喋喋不休的人。原本亦不是考古的历史的学术的。于是，写下了那些与传说一致，甚至更艳妙的事。既然真实的、冷酷的已不在，冶荡的、爱浓的却又流传开来。那么，这一切的存在，定有他的道理在。

谈仓央嘉措的时候，“玛吉阿米”等在路旁。这是一种缘。玛吉阿米，世人以为是仓央嘉措情人的姓名。虽可备为一说，但藏民说，玛吉阿米是女情人，是第二母亲，是将女情人当作第二母亲的意思。如此解来，实在是要比更具象的流传要动听入耳得多。

拉萨的“玛吉阿米”餐厅，味道未必最佳，且在我眼里商业味亦实在浓过了头，但它又确实是穿梭而过的行人们的必入之所。纵使知道那里未必有惊喜，但若是不去，总觉有憾。金发碧眼的外国人，热火朝天的藏族人。以及，安静温柔的 L 小姐。都在那里。

L 小姐是山西人，暂居北京。瞒着所有人，沿着川藏线，独自旅行。本无入拉萨城的计划，但在我抵达拉萨的前几日，她忽然改变心意，从八一镇辗转入拉萨城小住。L 小姐是某名校的中文系高才生，但毕业之后却突生避世之心。一再地出走，远游。

L 小姐长得清秀，身材修长。初印象极好。说话有条理，不喜争辩，多数时候是在聆听。声音温柔却不甜腻造作，日后与众人撒欢时却也融洽，虽依然有半分骨子里的矜持在。大约是因了这最初的好感，总难免似少年，会常与之小贫几句。

结识 L 小姐是件愉快的事。

与 L 小姐聊天更是愉快。L 小姐骨子里文艺，也很小女人。J 小姐仍在留恋瞬间的时候，L 小姐只是想着，明年，是不是也该将自己嫁出去了。我听了，也只是笑一笑。心地再宽阔，对路途再迷恋的女子，到底是需要有一个厚实的胸膛可回身相倚的。

也不知将来，能娶她为妻的男子是何模样，是何性情。想必，要是一个眼神锐利，能一眼将她看穿收住的男子，会予她温柔，会将她藏纳，会与她看人间烟火，过寻常日子。亦会随时扛起背包，和她一起牵手旅行。

虽然餐厅的饭食味道寻常，但也因着“仓央嘉措”的由头，在“玛吉阿米”度过了一个温柔傍晚。喝的是酥油茶，吃的是寻常饭，好在身旁有二三好友。

口吐莲花，悦人心涯。

4

J 小姐常常念的那首诗，是这样写的：

又是一个凌晨五点的无眠夜
借着酒精和幻觉
生命中重复上演的失眠
是太白醉酒
嫦娥留恋人间
四千里路日夜兼程的快马
马蹄声湮没半轮明月
不为战报
只为一封鱼书的思念
而如今
电话的出现
情爱信息如苔藓
表白在认识后的二十四小时之间
当一封邮件抵达地球的另一边
一夜情抓住了男人的把柄
女人的缺陷
那么，我是否还能相信
相信三百年前
也有一个人彻夜未眠
用月光盛满思念

三百年前，你不认识我，我也不认识你。世间缘分是如此，来时轻又慢，去时匆且急。譬如与J小姐相识到初见，隔了许久。但不过小聚十几天，便又匆匆告别，各自无声而退。

那日。J小姐说，既已到了拉萨，那么，不喝拉萨水自是不行的。问J小姐何为拉萨水。她仰头大笑说，就是要喝拉萨的酒。头一夜，J小姐便拉着我去了念·民间音乐酒吧。

酒吧位于八廓街外的北京中路八郎学旅馆的旁边。J小姐是念酒吧的常客，与老板、经理、酒保都甚是熟络。酒吧面积不大，也未悉心装修，陈设简单原始，那粗陋的桌粗陋的凳看着好似景阳冈上武松打虎前落定饮酒之地。

倒是酒吧门口的门帘背后的过道里贴着狂野又文艺的摄影作品。过道不过几步路，站在门口便可见吧台后的小女子忙得不亦乐乎。是个瘦小的汉族姑娘，忽一日与男友突发奇想不管不顾便来了拉萨，再一个不管不顾便住了下来，在酒吧里打工。

在拉萨，总是可以碰到这样潇洒的人。

据J小姐说，即便是淡季，念酒吧也常人满为患。我随J小姐去的那几次便是如此。而头一晚，在人群里，我认识了X先生。X先生是当地一家连锁酒店的负责人。比我稍长几岁，双鱼座男人。初见时，看着是个极随性的人。不修边幅，却很磊落。

X先生是重庆人。也是有故事的人。但那故事简洁到令人心酸。大学毕业，心痴无救，追随恋人去往深圳，直到恋人与之分手。只身去丽江，散心寻乐。也是缘之释然，辗转至拉萨，那一颗心，豁然就变得宽了，变得静了。

虽只是一场欢淡离场的小情小爱的事，但落在不同的人身上，定是会有不同样的事后症状。但谁也不能论断，这当中的走失与颓然，放弃与消淡，值，或是不值。因这些年，都是独属于X先生无关他人的寂静时光。

X先生内向，喝起酒来却不含糊。一夜下来，一干人皆喝得醉生梦死。只有J小姐，依然清醒。J小姐的酒量非常人能及，她说：酒量好的女人，都属于同一种，就是，太寂寞的。

在拉萨所遇之人，总是人如小说，有一段丰沛过往。譬如J小姐、L小姐、X先生。或跌宕热烈，或温静心酸。但人生的形貌原本是多样丰盛的。无论是以怎样的姿态，行走于世，都理应以之为珍。因这世上，唯有痛是无止尽的。你所厌倦的，却是旁人所不能得的。

在拉萨，夜夜醉酒，夜夜笙歌。

夜夜欢，夜夜喜。
而心里，装着自由。

歌草木心情，饮烟霞人生。

是为：以梦为马，诗酒趁年华。

5

在拉萨小住的那些时日，往返八廓街次数不可记。与友人的多数会面皆在街上或四周。也因此，八廓街的前尘往事总会不经意听来一二，而今又总忍不住想要记下些许。

那日清晨，头微微发痛，是轻微的高原反应。大约是前一日与友人在酒吧彻夜饮酒的缘故。客栈老板娘 Q 小姐建议我休息两日再行游荡，但我以为，这实在是不足挂齿的微小异动，断然不可使之成为当下出行之困阻。于是，我仍旧执意前往八廓街，去转他一转。

八廓街是环形街道，围绕大昭寺伸延、环转。但在当地，多数人都称之为“八角街”。说八廓街，必要说转经。在拉萨，共有三条转经道，分别是三条环形路线。

第一圈，是在大昭寺内，围绕释迦牟尼佛殿转经，称为“朗阔”，即“内圈”；第二圈，围绕整座大昭寺转经，称为“八廓”，八廓街也因此转经道而来，即“中圈”；第三圈，围绕整座拉萨城转经，从布达拉宫背后的龙王潭起，经林廓北路、林廓中路、江苏路转至药王山背后的千佛崖，再经德吉路、北京中路、林廓北路四段，绕回龙王潭，即“外圈”。

而这三条转经道，独有八廓街最繁荣。是城中来往商贾聚集之地，是最繁丽闹热之地。从大昭寺建成，信徒绕大昭寺转经起，历经吐蕃时期、割据时期、萨迦时期、帕竹时期、甘丹颇章时期，到如今，八廓街已有一千三百多年的历史。

街中每一座房舍，甚至每一片屋瓦，都见证了八廓街甚至拉萨城的兴衰荣辱。每一寸土地都渗出历史的气息，久远，深厚，带着辽阔和沧桑，带着人间烟火。这里，有一种热闹的谦卑。令人迷醉。

据当地藏民说，每年大小节日，男女老少盛装集聚，八廓街上必是人满为患，极为壮观。于是，我会想，是否会有幸运男子，就真真在那一日，在那拥挤人群里，遇见独属于他的那个“玛吉阿米”。J 小姐常开玩笑说我此行定是来寻我的“玛吉阿米”。

其实，她不知道，那人不在这里。

我们，始终没有牵手旅行。

6

J 小姐是我在拉萨所见第一道美丽的风景。

J 小姐，一如之前所写，虽内心时而沉静时而孤僻，但总的来说，是个热情大方又活泼的女子。只要有朋友来藏，J 小姐几乎总是全程陪伴。所以，我也有幸与J小姐常常会面。不是在玛吉阿米餐厅就是在香巴拉酒店内的顶峰咖啡馆。

时日久了，也渐渐地知道了一些关于她的故事。

J小姐是广东人。跟随单身母亲长大。J小姐说，关于这单亲的背景，所谓缺失、阴影，于她而言，是不存在的。一样东西，从未拥有过，自然也谈不上失去。话虽如此，但她又不得不承认，这岁月照在人身上，总是可以穿透人心的。

再隐忍晦暗的，再隐蔽潜藏的，也会暴露在日光下。

譬如，纵她有丰富的情爱经历，但最刻骨铭心却仍是那个年长至可以为之父的男子。她每每跟我提及那段感情时，总是如同心怀初梦之少女。愿意为这段记忆偿付一些痛，并可以为它点一支烟，饮一杯咖啡，而后绵软如猫，仰身睡去。带着笑。

7

在八廓街，遇到的藏民很多。记得深刻的，却少。唯独那一双人，一对苍老又笃定的夫妻。他们齐膝坐在大昭寺广场路边的路障石上，面色镇定，也无话。任身旁车水马龙，寂静始终的模样，令我不能忘。那是，淌过数十年的时光之水，得到的静好、安稳，亦是爱之最好沉淀，是真正的“愿得一人心，白首不分离”。

来拉萨，我亦不是独身上路的，我亦有我的故事，在身后的迢迢远方。看不见的远方。住在那里，许多年。而今，在深夜写下这些文字的时候，听的却是陈奕迅的《全世界失眠》。用一个无眠夜，纪念八廓街上的那些美好惊动，实在是很值得。

你好，拉萨。

你好，八廓街。

重　量

1

大昭寺。

日日信徒跪祷，夜夜神香缭绕。
日日有光拨撩，夜夜有月笼罩。

这一座一千三百多年的寺庙，而今有万千信徒依然匍匐以爱供奉和筑仰。参拜大昭寺是每一个来到拉萨的人都会做的事。是不用言说的共识。它是拉萨乃至整个藏区荣辱历史的见证，是藏传佛教精气神凝聚之地，是西藏的灵魂。

要去参拜大昭寺的那一日，我独自一人。

2

大昭寺。
拉萨之心，西藏之眼。

它始建于公元 647 年。是藏王松赞干布为五妃（五妃分别是：汉妃文成公主、尼妃尼泊尔公主和象雄妃、茹雍妃和蒙萨妃三位藏妃）之一的尼妃尼泊尔公主从尼泊尔带来的释迦牟尼八岁等身像所建。

彼时，文成公主亦从大唐带来了释迦牟尼十二岁等身像。文成公主精通阴阳五行，经细致观察得出拉萨地理位置之利弊。利是，拉萨山形如天然八吉祥标志，地似八瓣之莲。弊是，山势如仰卧魔女，且胸口之地有恶龙。

所以，文成公主建议，为克服风水之弊，要在魔女心脏之处沃塘湖建大昭寺安置释迦牟尼八岁等身像，在恶龙龙宫处建小昭寺安置释迦牟尼十二岁等身像。并对应魔女各肢节部位建昌珠寺等十二座寺庙，以此镇压。

后，大小昭寺同日启建。大昭寺朝西，面向尼泊尔。小昭寺朝东，面向大唐。大昭寺建寺初期，名为“若撒曲朗祖拉康”，意为“羊土幻变佛殿”。寓意感恩驮土填湖建寺之羊。后因汉藏发音等各种因素，日渐演变成而今的名字：大昭寺。

但而今所见释迦牟尼八岁和十二岁等身像的位置已与当初对调，皆是历史祸乱之果。公元 633 年，大昭寺建成不久，武则天欲寻回当年文成公主带入西藏的释迦牟尼十二岁等身像，无奈之下，寺僧便将十二岁等身像藏匿于大昭寺南墙之内，并将八岁等身像移至小昭寺替代。

直至金城公主入藏，摆出盛大供养，举行隆重法事，才迎出了十二岁等身像，并将佛像供奉在大昭寺的主神殿。至此，两尊佛像与大小昭寺繁复之因缘方才落定。

也历经了毁败，但终究，因后来宗喀巴大师和五世达赖等高僧大德之重修扩建，大昭寺到底成为而今你我可观见的模样。

有一种清寂又肃重之阔丽。
有一种穿透灵与肉之佛力。

红墙。
金顶。
无尽的桑烟。

3

来参拜大昭寺之前，J 小姐、X 先生和 L 小姐众友人都曾告知我，清早朝圣时段，随藏族香客的队伍参拜可免去门票。但因事耽搁，抵达大昭寺时已近中午，便只能从大昭寺正门左边的南侧门购票之后再从正门的游客通道进入。

入门之后是寺中央的天井小广场。隔着广场，可见大昭寺主殿建筑之肃穆庄严。信徒有条不紊地从来路来，往殿中去，排成整齐有序的队伍。散客如我，立在广场之中，四下环顾，竟心生踌躇。

不知来路，不知去处。

定了定神，决心加入朝圣队伍，落定归宿。

大昭寺主殿布局，基本仿照古印度佛教精舍设计。大殿有三层，下两层四周各有配殿几许。跟着朝圣的队伍，从大殿左侧开始，每对一间开放了的配殿次第进行朝礼。身边是沉默安然的信徒，唯独我，看上去是那样仓促、慌张、孤单，无依无着。

殿中光线晦暗，藏香袭人。每一寸空气都极郑重，却也充满了慈悲。不是神佛指引便是内心共鸣，入殿之后，端的便有一种正襟危坐之感。仿佛一呼一吸，一举手，一抬头，一顿足，都是要顺善心、应善念，都是要极谨慎、极庄重的。

主殿一层的配殿，从左至右，依次有：

宗喀巴八大弟子殿。药师八佛殿。天成五尊观音殿。沐浴佛殿。像我宗喀巴殿。忏罪殿。等身佛殿。赤赤弥勒殿。狮吼观音殿。雍仲堡佛龛。放光药师佛龛。无量寿佛父母殿。神羊殿。藏佛殿。七胜佛殿。无量寿佛殿。祈愿殿。度母殿。十万莲师殿。

二层只在上午开放。后特地又空出一日来二拜大昭寺，并得偿所愿在一层拜至放光药师佛龛处，登上了主殿二层（一般来说，朝拜次序即是如此，参拜完二层各殿再返回朝礼一层其余各殿）。

主殿二层的配殿，从上楼处按顺时针方向，依次是：

菩提道次第殿。佛子殿。药师佛殿。能仁殿。五王殿。骏马店。法王殿。六道佛殿。传承殿。法王修行洞。莲师殿。胜乐殿。吉祥天母佛龛。

三层还有护法殿和千佛殿等。并供奉有《大藏经》。但通常不对外开放，而我亦没有得到运气上楼参拜。也总想着，来日方长，佛缘流长，终有一日，该见得的都将见得。

从大昭寺主殿出来，步出殿廊。日光越过殿檐，洒进来。心情竟忽然沉重起来。迟迟不愿移步，总想着在寺里多待一会儿。而那样一种源自天性当中的厚重又严肃的依赖感，是只有身在布达拉宫和大昭寺里才会有的。

彼时，我是这样安然地面对凡胎肉身之渺弱。

4

日与月，光与暗。
不虚伪，不造作。

出门。外走。再回头。
慈悲喜舍，心中自生一种从未有过的清透。

5

从大昭寺出来之后，随着人流沿着八廓街走。

沐浴在拉萨的阳光当中，觉得自己极为富有。在常年阴天蔽日的成都小住百日之后，方知阳光也可以是极尽奢华的一物。但在拉萨，却是可以人人以之为食的。如斯一想，便更觉得有必要寻一处晒太阳的好去处的。决不能暴殄天物。

若来生做一株长在拉萨以光为食的植物，也很好。

这样想着，便顺着之前与友人聚餐之时在餐馆寻得的一张手工地图找到了它——木如旧寺。木如旧寺位于八廓北街的一条隐蔽的小巷当中。入巷有一条转经轮，行至尽头，可见一旧败的院落，那便是，木如旧寺。

木如寺的历史极悠久，久到民间有“先有木如，后建大昭”之说法。在古代，历代达赖喇嘛每年都须到木如旧寺，与神谕喇嘛会面。彼时，它作为拉萨政权官方神谕乃琼寺的拉萨代表处权倾朝野。木如旧寺每年一度的“玛尼法会”也是藏区的一大盛事。后来，寺院因发展需要，在现北京东路筑建了木如新寺。

木如旧寺大殿侧旁有幽暗楼梯通往楼顶。在楼顶，可俯瞰八廓街区，并与大昭寺金顶毗邻，似触手可及。这一处不是极有名堂的景点。但是。坐在楼顶的木凳上晒太阳，看楼顶花草和温柔小猫，赏大昭寺金顶的那个下午，是我在拉萨最惬意悠闲的时光。

6

参拜大昭寺后，寂静无声沐浴日光的那个下午。

仿佛曾发生我身上的爱情故事一般。

美好。
孤单。

并且，念念不忘。

微　光

1

去小昭寺，是在参拜完布达拉宫的那一日。

那日自布宫出来之后，与L小姐约见一起去往了八廓街。路上行人不多。焦灼的小贩。落寞的车夫。虔诚的信徒。热烈的游人。湛蓝如画的天。沧桑如旧的树。以及地老天荒的诵经声。我跟L小姐并肩走着，默不作声。

虽本意是要前往八廓街，陪同L小姐游览安居角落香客不多的若干小寺小庙。但行至北京东路，路过小昭寺路口时，L小姐与我竟似本能地一致停下脚步。相觑一笑之后，一起拐进小昭寺路。

2

小昭寺路而今是一条商业街。

各色店铺琳琅满目。这或许是拉萨最市井的一条街了。可观见的亦多是当地的百姓，鲜见游人。也是在这里，第一次见到属于拉萨的乞丐。虽形容面目乞讨方式与别处并无二致，但总想着，或许，这里的乞丐才是真真穷困潦倒几入绝境的人吧。

沿街走得缓慢，仿佛是特地来此处沾沾拉萨的人气。真真是当地藏民的人气。朴实、肃重，但热情。人，终归还是要有信仰的。譬如藏民，看过去有一种笃定又宽阔的气场。不似你我，仰仗着孤身奋战于世的辛与苦，盲目地诋毁或信任这个世界。

而有信仰的人，见人见事都带着智慧。

走出不远，L小姐停在了一道门前。待我抬眼去看，才知在这闹热纷扰的市井之街上竟藏匿着这样的去处。北方三怙主殿。但转念一想，此街便是应小昭寺而生，至于长成而今的模样，并非庙寺所愿，但尘世金迷纸醉原本也是无碍。

佛在人间，在市井之地，亦在幽暗晦深之处。

北方三怙主殿面积不大，只有两间小殿。一间主要供养了观音、文殊、金刚手三尊佛像。另一间殿内供养有自生三怙主石。据说，拉萨本有八座三怙主殿，以大昭寺为中心，依照坛城布局分置八方。到而今，多数都已不在，只剩南、西、北三座。

从北方三怙主殿出来往前再走不远，便是小昭寺。小昭寺旁另又有一座小寺庙：长寿寺。长寿寺在藏语当中写作“次巴拉康”。长

寿寺是汉人的叫法，并不完全精准，但大体意思是妥帖的。L 小姐说，前几日在书里看到说次巴拉康当中供奉着拉萨最灵验的无量寿佛像。

既已到此，那非入寺一拜不可了。

3

次巴拉康紧挨小昭寺，不过几步路的距离。

从次巴拉康出来之后，和 L 小姐买了水，坐在小昭寺门口四下张望。L 小姐有孩童的眼神，清透，无杂，但又让人隐隐觉得当中是有内容的。L 小姐的故事是在日后慢慢知道的。去小昭寺的那日，她之于我而言，依然是一个谜。清寂又美丽。

小昭寺也是需要购票的。但也不知何故，我跟 L 小姐莫名往里走时，未注意到院墙内的购票窗口，直至走到大殿门口亦没有人上前阻拦。参拜的事大同小异，差别在于心境。其实，是心意。在小昭寺，会有一种莫可名状之深情。

不可否认，人的情感反馈往往取决于心理暗示。包括人、情、物、事，在内心总会有高低轻重之分。大小昭寺，便因此要比其他的小寺小庙被人看得更重、更深情些。而这些人，往往不是真正的信徒。譬如，我。

虽然我隐隐知道，终有一日，我会心有皈依，心向佛陀。但彼时，我仍在迢迢皈依路途上，不过刚刚迈步，尚有漫远的距离未跨越。

而今小昭寺无论规模还是香火人气皆无法与大昭寺相提并论，但旧年小昭寺与大昭寺同日启建，规模等级皆一致。只是时岁情寡，历史祸乱不断，它终被光阴折损至清寡淡寂的模样。

自公元 1485 年，小昭寺被交与上密院创始人贡噶顿珠大师（公元 1419~1486 年）管辖，从此小昭寺便同时成为上密院的校址。贡噶顿珠是宗喀巴大师的再传弟子，师从下密院创始人喜饶僧格大师（公元 1382~1445 年）。

上密院是喜饶僧格大师于公元 1474 年创建，后因神通治水有功，被委任小昭寺住持。于是，上密院便从原来的地方迁移到了小昭寺。

拉萨的色拉寺、甘丹寺、哲蚌寺有“三大寺”之说，上密院、下密院正和这三大寺并列为藏传佛教格鲁派的最高学府。而密院分上、下，完全是因为相对地理位置而称，并无行政级别的高低之分。

小昭寺内部格局与大昭寺近似。但而今的规模小得多。主殿左侧是护法配殿，后方有一间独立配殿，四周有回廊，可供绕拜。回廊两侧有石阶通往主殿二层，连通独立配殿的殿顶。

参拜小昭寺花的时间亦不多。倒是殿顶一如木如新寺，是个晒太阳的好去处。又一次，我为日光停留。

4

离开小昭寺时，有一群看似是有组织前来的藏民请我为他们拍照。人人都是由内而外真正的热闹。欢颜不住，令人心动。照片里的笑，不似往日我所目睹的，是一种如天般湛蓝，如水般清碧的，很纯粹的笑。于是，我便在想，何时，我才能再次拥有似他们一般如此纯净的微笑的时刻。

接下来原本就是依照原计划，去往八廓街，寻找附近鲜有人问津的落寂的小寺小庙。但计划这件事，永远都是赶不上变化之迅疾。未走几步，便接J小姐的电话。J小姐说，难得闲住，一定要带我们去拉萨最好的甜茶馆喝个下午茶。

L小姐听到了听筒内J小姐的话，未及我应声，L小姐便一把夺过手机兴奋似女童一般，连连说好。

J小姐说的甜茶馆是：光明商店甜茶馆。

光明甜茶馆，位于大昭寺广场前的藏医院路的一条巷子内，位置很隐蔽，并不容易找。若是没有先与J小姐在大昭寺广场碰面让她带路的话，怕是花去不少的时间，才能找到。

光明商店甜茶馆是拉萨最早的甜茶馆。真正的一家百年老店。光明甜茶馆是一个露天茶馆。一座斑驳古旧的藏式老房子连着一个并不宽敞的小院。简陋的木凳。老旧的长桌。盛满人间烟火。有疲倦的中年人。有沧桑的老者。唯独鲜有悠闲的妇人。

喝茶。打牌。吃瓜子。晒太阳。

在这里，人生，有时候也不过只是一个悠闲无惊的下午。

与精心摆弄过的玛吉阿米和冈拉梅朵等去处相比，它实在是不修边幅。但你总是更愿意与它靠近、交流，窃一份家常的暖。光明商店甜茶馆最出名的自然是甜茶，另外还有藏面。

藏面其实就是青稞面。入口很是爽滑，又有韧劲。藏民喜食牦牛肉，这里的藏面当中也加了碎牛肉。汤底更是香极了。甜茶，喝的时候都是自取茶杯，找到位置落座之后，把茶杯和零钱放在桌子上等待即可。不久便会有阿佳（藏语，意为阿姐）过来一边倒茶一边收找零钱。

而如此美妙之甜茶，一杯只需五毛钱。

那日胃口不佳，藏面吃了少许，但甜茶却喝到饱。

5

对于茶客来说，他若不在茶馆，便是在去往茶馆的路上。J 小姐

如是说。但对于在路上的人来说，他不是已出发就是在准备出发的路上。L小姐与我相约，来年要一起绕游南亚。

从拉萨出发，经尼泊尔，去往印度、不丹、斯里兰卡。

君子之约，以茶为证。

对 照

1

是 X 先生陪我走了这些地方。

策门林，喜德林，丹杰林，功德林，等等。

在客栈住了两晚之后，应 X 先生之邀，搬去了他负责的连锁酒店。X 先生独身一人，也无伴侣，于是，常在无事时来我的客房跟我聊天。说些过去，说些曾经，也会说些以后跟未来。但总的来说，我依然觉得他是一个内心沉默的男人，即便跟我讲说了许多许多……

脱离 J 小姐的酒友队伍的那几日，X 先生问我是否知道拉萨的四大林。我说不太了解。X 先生说初来拉萨的那段时间，平日里无事便一个人在拉萨城的大小街巷里穿梭，发现了不少有趣的店，也遇到了不少小而有味的寺庙。

而被称为“拉萨四大林”的策门林、喜德林、丹杰林、功德林四处地方令人尤其难忘。他说。

贡嘎曲德寺
GONGKAR CHODE MONASTERY
(距S101—500M,海拔3600M)

既如此，从你口中得知了它们，那么定然是要去的。人与寺庙之间，是讲究缘的。而我与四大林的缘，自是因了你的缘故，X先生。写作这篇文章的时候，X先生已经离开了拉萨，返回了故乡重庆。虽然偶尔联络，但却不知道，他是否真的过得还好。

2

策门林寺，在北京东路的策门林三巷里。位置十分隐蔽。来藏不久的外地人里，大约除了X先生这样的会将时间"闲"于路上的，极少会有人知道这一处的吧。

寺庙藏在住宅区里，周身都是白墙的居民楼。虽寺庙的墙体刷成金黄色，但因为居民楼都较高，且被一所藏式大院包围，所以，它俨然是一处石头森林里的隐秘洼地，是不好找的。X先生说，它比起布达拉宫、大小昭寺这样游客密集的地方来说，实在是很寂寞的。

是，寂寞的策门林。

但对藏民而言，它依然是好热闹的地方。去的那日，里里外外皆是藏民。藏服始终那么鲜丽夺目，来回穿梭的人群，似一道一道的虹。将策门林装点得几乎都有些妖娆了。朝拜的僧人、信徒排成长龙，从门外一直到寺内。

X先生说，曾以为会跟她一起去丽江，看拉萨，却不想，丽江去过了，拉萨也到了，但从头至尾，他与她也没有牵手旅行。世间事，总是这样，要充满遗憾，才能令命运尽兴。X先生说，人，终生皆是命运之棋子，且自己是一枚终生未能过河的走卒。

是重了些，他的话。但道理是有的。

我也信命，只是较之X先生，我兴许信得要明亮些、温柔些、宽容些。又何止是情欢爱喜的事，人生当中，哪一件不是温柔又暴烈的，来来去去，离离合合，生生灭灭。连命都是如此，何况是那些情，那些爱。所以，我总是劝慰自己，心宽些，再宽些。

就像X先生自己也会说，有些痛，一痛到底之后，也就不再痛了。正是如此，欢如此，痛如此，来个尽兴总不是个坏事。也是从丽江辗转到了拉萨，X先生才豁然一些，明亮一些，也才放下一些。放下，极轻淡的两个字，却又实在是深重无比的。

尤爱王安石的两句诗：“能了诸缘如梦幻，世间唯有妙莲花。”这莲花之城自有一种它与生俱在的禅意，来你，来超度你，让你活得轻快些、自在些。所谓佛或是禅，参悟不透的，不如来一趟拉萨。活在这禅意里，道理，早晚都能证悟的。

人生，就好比这策门林寺。

寂寞的是内在的。

但也少不了人来人往的热闹。

哪怕只是表面的喧嚣。

3

从策门林出来之后，X 先生向我介绍了“风转咖啡馆”。说那边屋子不大，环境却好，人亦不多。是个喝下午茶的好去处。人不多是关键，到底不是一个信奉喧嚣的人，于是，一处寂静的咖啡馆，总会是一个消耗下午时光的佳美之地。

“风转”位置不偏，但也不好找，若是没有 X 先生带路，我怕也是去不成的。纵使我一早也已对这家咖啡馆略有耳闻。我本打算叫上 J 小姐等人一起。但当中有人因着咖啡馆老板性取向的传闻心生抵触，不愿共往。听此消息，我不便发言，只能淡笑。但落笔提及的时候，实在觉得那人，心地窄了些。

窄到我大约是不能与之为伍的。

最后，依然只有我与 X 先生前往“风转”。本因了前面的事突生逆反地心生热情想要与老板见一见聊一聊，但恰巧两位老板去了尼泊尔旅行，终未能谋面。虽也不便猜测二人关系，但总是想，若二人是兄弟自是好事，若恰巧是伴侣那也是极妙的事。

有些人，有些事，懂的人懂，就够了。

咖啡馆店面的确小，但装饰温馨，也家常。入门便觉好静。去时无客，唯有我与X先生闲坐。点了两杯咖啡，坐在木凳上，也无话，各自翻些杂志。直到遇见新客，两只憨厚肥硕的家猫。极柔软的身体蹭到身旁，仿佛是水做的。猫之灵性，不在身形，不在声音，在它们不经意瞄住你的眼神。

爱猫之人总是懂得它们的温柔与好。譬如，它们生生就将百炼钢似的X先生化成了缠绵无尽的绕指柔。迫他蹲下身来与它们玩耍，迟迟不愿起身。像个未经世事的孩童。临行时，X先生突然在门口定了定，然后转头看向我，问道：

你说，我是不是该养只猫？

4

依照X先生的安排，离开“风转”，前往喜德林。彼时，日照盛烈，X先生和我错落穿梭在人群里街巷中，周身寂寞林立。是，寂寞。那寂寞落在X先生的身上，是那么疯狂和猖獗。我在他身后看着他，总觉这是个随时会消失的男人，会被寂寞毁亡的人。

后来，他说，昔日，没有放下过往的他，尚且有挣扎苦痛与之作伴。而今，到了拉萨，心地渐宽，情绪渐淡，往事渐行渐远，竟

忽然发现，最后连买醉的理由都失去了。最可怕的不是心碎，是孤独，深不见底的孤独，万劫不复永不超生的孤独。

想起海子的诗《歌或哭》。

我把包裹埋在果树下
我是在马厩里歌唱
是在歌唱
木床上病中的亲属
我只为你歌唱
你坐在拖鞋上
像一只白羊默念拖着尾巴的
另一只白羊
你说你孤独
就像很久以前
火星照耀十三个州府
你那样孤独
你在夜里哭着
像一只木头一样哭着
像花色的土散着香气

你说你孤独，就像很久以前，火星照耀十三个州府。

落 寞

1

在拉萨，J 小姐常与我提及“白度母”。

J 小姐说白度母是护佑女性的吉祥菩萨，她常去功德林参拜。这一日，恰与 X 先生计划要去四大林的最后一站，功德林。所以，便想着，叫上 J 小姐一起。但遗憾的是，J 小姐工作在身，不能离开，最后依然是我与 X 先生两个孤寡男人做伴，走了又一整个白日。

2

功德林位于磨盘山脚、北京中路和德吉中路的交界处附近。穿过一条幽深简陋的小巷，抵达功德林时，庙里除了两三个僧人立在一旁私语，几无访客。倒是庙宇的屋顶之上有几只鸽子，也不知是否筑了巢。但抬眼看过去，很是寂寥。不飞，亦不叫。

环顾四周，发现院墙都是新近重新粉刷过的，满眼耀目的金色。

བློ་གསལ་གླིང་གྲྭ་ཚང་
洛赛林扎仓
LosaLing College

但那鲜丽颜色又仿佛是在映衬它香火寥落的寂寞。

功德林，建于清代，嘉庆皇帝曾御赐匾额及寺名“卫藏永安寺”。旧年，功德林占地面积大，十分壮观。彼时的盛景，而今是再也见不到了。历经沧桑的功德林，一如丹杰林，重建之后，远不及当年的规模。功德林甚至不及当年的十分之一。

也只有一座白度母殿及其相连建筑。

纵是如此，J小姐曾告诉我，而今功德林所供奉的白度母像依然是全藏最大的。白度母灵验。于是，到而今功德林依然会时有女子前来参拜，供灯、祈愿，甚至讲说心事。之所以是女子，一如J小姐之前所说，是因为白度母被视为女性的保护本尊。

据佛经载，白度母，乃是由观世音菩萨的眼泪化现，一面二臂，颜容端正，法相寂静、殊妙庄严，乃佛教中治病延寿事业的本尊菩萨之一。如月光般清净的无垢光明照耀世间，纵然百千万星宿俱时为聚集，殊胜威光仍然远超于彼，受到各方众生的礼敬。

白度母之身相白色为息灾之意，全身有七只眼睛，双手双脚各有一眼，第三只眼睛则在眉心中央，故又称为“七眼佛母”，七眼能够照见一切瘟疫疾病的缘起从而消灭之。

藏传佛教说，观世音菩萨的化身很多。度母则是他化身的救苦救难本尊。以颜色区分，现为二十一尊象。二十一尊度母的颜色都不相同，最受尊敬、寺庙中最常见的是白度母。除此之外，还有绿度母、蓝度母等。

但也不知是否自己与X先生有礼数不周之处，功德林僧人的态度不甚友善，可见的少数几间房殿，皆未能获得许可进入。无奈，只能潦草一看，然后悻悻然离开。

从功德林出来，X先生说，附近有一座关帝庙，可以顺便一去参拜。我说，好。走出巷子，沿德吉中路走至北京中路的交界路口，X先生叫住了我，让我往路边一角看。顺着X先生手指的方向，只看到一处烟熏火燎的山石，连着的即是关帝庙的庙墙。

X先生说，这块山石是有来头的。

此处是昔年文成公主歇脚之处，而今备受藏人信奉，因藏人认为文成公主歇脚的这块山石对治疗风湿、关节炎等病痛有甚是灵异的功效。于是，而今藏人每每路过时，都会焚香参拜，并在此以背部、腿部和膝盖摩拭山石。是以，此山石极黑，极亮。很是夺目。

日光倾城。街道两旁高树溡溡。我立在山石旁，阳光穿透过枝叶，落满肩头。我倒是无心感喟历史，但眼前的山石却宛有生命，不时地反射着日光，照进我的眼。仿佛在雀跃地诉说，当年文成公主与之相偎相依时的倾城丽色。

3

关帝庙，又称“关帝拉康”、“格萨拉康”。寺庙由清朝大将军福康安建于公元1792年，筑于布达拉宫以西约500米处的巴玛日小山岗上。这座小山顶部平似磨盘，故称为“磨盘山”，藏语叫“巴玛热”。

关于关帝庙的筑建有一段故事。

在清朝乾隆年间，廓尔喀犯西藏边境，大肆抢掠财物、金银、粮食和后藏地区的大批牛羊，藏民的经济损失十分严重。彼时，大清正值国力鼎盛之时。是年，即公元1792年，乾隆派福康安统帅大军迎战廓尔喀入侵者。

这一战，打得轰轰烈烈。藏地百姓全力支持清军作战，不出三个月，福康安便率军一路打到了廓尔喀的都城，即而今的加德满都。廓尔喀国王不得不出城请降，结束战争。

班师凯旋回到拉萨，将士们认为在边陲险恶之藏地能如此顺利地击败以骁勇善战闻名的廓尔喀人，是武圣关羽在天之佑。于是，上下官兵自发捐银七千两，由福康安和当时的摄政王达拭呼图克图总领其事，在布达拉宫西侧的巴玛日小山之上筑修了一座关帝庙。

因为关帝象与藏族史诗中的古代英雄格萨尔王神似，所以拉萨人又称“关帝庙”为“格萨拉康”，即格萨尔宫殿。

跟X先生一起进入正门之后，沿蜿蜒山径往上攀走。路窄仄不平，所铺地石高低跌宕，路边野草丛生，应当不常被打理。沿路又有断壁，入眼很是落魄。仿佛是要有，旧年落榜的潦倒书生，日日买酒，醉卧一边，来映衬它才好。断壁之上，有花公鸡无精打采地不时向我打量。

拾阶而上，拐两道弯即是关帝庙第二道门。也是入庙最后一道门。去时，庙中无人。连僧侣亦未见着，但卧房里有冒着热气的水壶，想必僧人是刚离去不久。

与X先生孤自在庙里参看。关帝庙建筑外部为藏式石墙，四角及屋脊两端饰有红陶鸱尾，屋顶上覆红色琉璃瓦。殿内为梁式结构。关帝正殿当中供奉有关羽和他结义兄弟张飞的塑像。

庙中的关帝像与在内地所见之形容有出入，X先生解释说，这是藏化之后的关帝像。但依旧是红脸，手持大刀，骑枣红色马。

正殿之后，有一个佛堂，藏语叫作“绛央拉康”，意为“文殊殿”。屋檐板瓦带有角形滴水，滴水周边饰卷云纹，中部刻有篆体“寿”字。看过去十分精致。内中主供文殊菩萨，文殊像两边塑有金刚持和千手观音。

关帝庙不大，走下来不过十几分钟的时间。

4

自关帝庙出来，与X先生信步走着。

走至德吉中路与北京中路交叉口，沿着德吉路北段走至末了，来到当热西路。德吉路北段是一条几乎汉化了的商业街，小吃店，大餐馆，咖啡厅，KTV。是让人心无恋慕的一处地方。顺着当热西路一路往西走，漫无目的，直至走到拉鲁湿地。

拉鲁湿地冬季寥落，但X先生说，春天、夏天还是极美的。有碧草，有成群禽鸟。黑颈鹤。赤麻鸭。西藏毛腿沙鸡。褐背地鸦。斑头雁。棕头鸥。银鸥。胡兀鹫。白瓷鹤。戴胜。百灵。雪雀。但而今，虽寂寥，却也不是不美的。昏黄的草，孤寂的鸟。我们就这么沿着拉鲁湿地边的马路走。一直走，一直走。走到日光昏默，走到凉风入袖。

若是能够精力不竭地走下去。

会有多好。

废墟之丽

1

喜德林。

拉萨城里，我所见之最美。

那美，美在绝望，美在荒芜。美在破碎成花的顽石，美在孤立无依的老墙。美在那些背身离去又转身回眸所见之碎丽。是拉萨城里任何别的地方都难以窥见的，一种毁灭之美，一种失去之美，一种苍老又苍老的迟暮之美。

喜德林，是一座废寺。
它住在热闹的寂静里。

2

X 先生一早就告诉我，四大林里最美的是喜德林。所言极是。他带着我穿街走巷，抵达它时，我尚未察觉，但见面前院落平常，大门敞开，丰沛的光从里面泻出来。X 先生说，往里走，跨进门，然后就是。我穿过周身民房折射落地的阴影，走进院落，仿佛是踏入新的天、新的地。

宽阔的院落里，迎面而来的，只有废墟。

寥落又悲伤的废墟。

仿佛是拉萨的伤疤或胎记。

层层日光就那样照下来。照在朽木之上，老墙之上。照在一大片只剩残垣断壁的废墟之上。但这光照下，又分明让我恍惚见到一帧帧昔日香火极盛的画面。善男信女跪拜在庙里佛前，身后是等待添油点灯的队伍，迢迢长长延展到无尽。有藏民，有汉人，有你，有我。

回神过来，见废墟之前立着几口巨大的固焦太阳能锅，用几个老旧的壶煮着水。空地上散落着几张木凳和竹椅。有母亲喂奶，有老人抽烟，亦有人盘腿坐在地上，闭眼晒太阳。一切都是温柔有致。来回穿梭的家犬不吵不闹，来回逡巡，也似要仔细赏阅这个人间。

X 先生博览群书，极有学问，最爱武侠和历史。对拉萨的过往也略知一二，若是遇到喜德林一般令他倾心之地，那势必会将它的过往前生研究一番。据 X 先生说，喜德林，也叫席德扎仓。始建于公元 9 世纪，由吐蕃赞普建立，曾是围绕大昭寺的六座拉康（经堂）之一。

喜德林在公元 9 世纪玛灭佛时期遭到破坏。元朝时期得到修缮和发展，从拉康逐渐发展成扎仓。到公元 14 世纪，席德扎仓成为热振寺（即热振拉章）的属寺和热振活佛的驻锡地。清代咸丰年间，席德扎仓再次扩建。彼时，寺内曾有三四百僧人之多。但热振活佛在公元 1947 年被达札迫害致死。

热振活佛死后，达札派人将他的尸体装扮起来，移至喜德林寺中，之后诬陷热振活佛，激起民愤，被信徒烧掠了喜德林寺。到“文革”时期再遭荼毒，最终，它破落成而今的模样。

它与策门林一样，也是坐落于策门林居委会的林辖区之内，策门林四巷。它没有独立的居委会，就好像，它只有曾经的心碎过往，没有未来的鲜丽希望。但它却又实在辉煌，那辉煌不在于形容，亦无关昌盛往事被尘封。只在于，那一砖一瓦一木一草，自身的荣光。

围绕废墟的院落尚有人住，当中亦有一家名叫“废墟”的酒吧。去时，天色尚早，酒吧未开，但见那外墙的装饰和涂鸦，也略略可以知道，待那灯火阑珊夜寂静，这一处，定如烈烈焰火，是会将人燃点燎灼的。

离开时，失控似的给它拍了许多照片。

恨不能当一回愚公，将它腾挪，藏纳。

3

生命中许多事情，沉重宛转至不可说。

就像面前的喜德林，一座挨度过人间至沉重至艰辛至沧桑的废墟花园。是如此隐忍又分明，是如此明亮的一个地方。爱它爱到甚至想搬来住在这废墟里。以天为席，以星光做枕，做彻彻底底的流浪人。在拉萨，这大约是最令人心醉的一处地方了。

离开拉萨之前，又与山西的 L 小姐来过一次。那一日，仍是不变的丽日晴天。与 L 小姐穿街走巷，不知不觉便又来到这里。记得那日，在废墟旁遇到一名女子，我写她作 S 小姐。起初是 L 小姐立在一旁给 S 小姐拍照。

S 小姐抱着一个尚在襁褓之中的孩子，清冽冽地笑。

我在远处见着 S 小姐，只觉是个极美的人，虽身着藏服，但总觉不是藏民。于是，带着一点点好奇，我走过去开始与 S 小姐说话。一问，果然，是苏州姑娘。在拉萨待了一年，下一站是丽江。虽 S 小姐爱极了孩子。但那孩子，S 小姐笑笑说，不是她的。是院里一家藏民的。

本也想着，这样年轻便做了母亲，实在勇敢。听 S 小姐这么一解释，方才想起曾在书里读过的句子，眼见的也未必是真实的。S 小姐不似之前所遇的A小姐，她极沉静，话极少。我也不怎么，见着见着，她总让我想起三毛。那个曾住在撒哈拉阿雍小镇的三毛。

都是爱在路上的女子。

许我形容粗狂，总不易给人亲和之感，亦不善主动与人搭话，性子算是沉闷的，所以，便未能与S小姐有更多对谈。但S小姐与L小姐一见如故，两人聊了许久，偶尔能从远处听来两朵女子的笑声，但不经意回头去看，却又见到相拥无话的场面。

后来，L小姐才告诉我，S小姐也有过年少轻狂的时候，与某男子热烈相爱，自高中始与之同居长达八年。先后为男子怀孕六次，因自身体质缘故堕胎至不能生育。虽也避孕，但同居八年，有六次意外，听着是多，但算算，也不是没有可能。而最终未成眷属竟又因了她已无法生育的缘故。

故事并不新奇，若是落在小说里，读一读倒是无妨。但兀自遇到如斯女子，仍觉诧异。这样的事情摆进生活里，被你知晓，实在是一件不能不让人唏嘘伤感的事。但命有定数，这是S小姐自己的路。

世间事，唯有苦难和痛是无尽无止的。

西藏天珠
110

4

经云：“一念觉即彼岸，一念迷即此岸。”依照佛法所说，这一生的因真是许多次前生前世的果。在这世上，最难的，就是不昧因果。

一些事，落在别人眼里，是巨痛，是无法想象，是不能承担。但若不幸运，落到了自己头上，你不能毁灭肉身，那是恩赐。你也只能，忍着痛，咬着牙，用赴死一般的勇气支撑着。一日，一日，也就过去了。S 小姐对 L 小姐说，我从不觉得自己是应该悲伤的。

苦难是不可怕的，可怕的是绝望。

她离开他，便一直在路上，打工旅行，周游世界。

谁比谁幸运，谁比谁伤心，谁又说得清，谁又能道得明。

心之仪轨

1

丹杰林。

坐落于大昭寺广场尽头的丹杰林路上。有一条丹杰林巷，入巷口至第一个路口右拐，走至巷尾，左侧即是丹杰林。是唯一一处而今回忆时尚能记得步行路线的寺庙。而这，许便是我与丹杰林寺之间别于他处的缘。

离开喜德林时，虽日头尚好，但时已不早了。彼时X先生对我说，丹杰林是这一日他为我规划的行程的最后一站。之所以将它安排到最后，是因为离开丹杰林之后，便可直接去往丹杰林附近的酒吧街，喝酒，饮茶，晒晒日落的光。

真是个极细心的人。

2

丹杰林，不单是“拉萨四大林”之一，也是拉萨五座摄政邸所之一。其他四处摄政邸所分别是另外的三大林外加木如寺。另外，丹杰林的护法殿又属于拉萨四大赞康庙之一，其他三座为达布林、噶玛厦、绕赛。

丹杰林寺由当时的摄政第六世呼图克图于公元1762年动工修建，这一年是他任摄政王的第5年，寺庙建成后康熙皇帝赐匾，题字“丹杰林”，由此得名。后，乾隆皇帝又赐名“广法寺”。是拉萨四大林当筑建时间最早的一座寺庙。

第穆呼图克图藏传佛教格鲁派活佛之一。因其祖庙为林芝地区的第穆羌纳寺，故又称第穆呼图克图，系西藏四大呼图克图之一。该活佛系统的产生与昌都帕巴拉活佛有密切的关系，最初的几世第穆呼图克图是帕巴拉活佛的门徒或亲戚。

第一世帕巴拉活佛曾修建许多寺院，其中位于林芝地区境内的第穆羌纳寺由一世帕巴拉的经师贡觉迥乃担任住持。此后，便以“第穆巴”见称，成为第一世第穆呼图克图。

第穆呼图克图活佛世，曾三次出任西藏摄政之位，掌办西藏政教事务。分别是，第穆第六世呼图克图、第穆第七世呼图克图和第九世第穆呼图克图。但生平最传奇的则要数第十世第穆呼图克图，他与六世达赖仓央嘉措的一生，颇有殊途同归之妙意。

据说，他虽也曾接受传统宗教教育，但心有恋慕，无心宗教和政治事业之建设，后来终于还俗。并因颇具摄影天赋，拍摄出了不少惊世的好作品。而今担任西藏摄影家协会主席的著名藏族摄影家旺秋多吉和在欧美国家弘扬佛法的高僧格勒仁波切便是十世第穆呼图克图的儿子。

而今的丹杰林寺只有一栋庙，但谁人知道，曾经，它也有过壮阔的时年。旧时，丹杰林曾同时是桑耶寺和哲蚌寺的属寺。那时候，丹杰林寺的规模是极大的，寺中曾供奉与哲蚌寺密院著名的大威德像同大小的本尊像。

但，岁月总是沧桑，并且严酷、炽烈。如同它要摧毁一个人，摧毁一件物、一座庙，亦是轻而易举，易如反掌。

3

入寺之前，我问 X 先生可知“丹杰”二字是何意思。前些日子，X 先生恰巧读到相关的文章。书里写，“丹杰”在藏语中为“佛兴”之意，建此寺以后人们把寺庙附近的一片区域统称为“丹杰林”。

在这之前，这片区域叫“卿古囊”。“卿古”意为用毡子做成的蒙古包，“囊”为藏语中“内”或“里”的意思，就是蒙古包内之意。

朵森格北路
北京中路
CENTRAL BEIJING ROAD
北京东路
EAST BEIJING ROAD
您 服
0361
监督电话:0891-63264

彼时，这里还是一片青草沼泽地，后来，因大批蒙古兵搭建蒙古包驻扎于此而得名。

X先生说丹杰林寺而今最出名的是一尊欢喜佛像。

随X先生爬上几级略陡的台阶，推开门，往上即是丹杰林寺那寥落的最后一间佛殿。依照X先生的嘱托，将面额较大的人民币换成许多面额小的，然后一尊佛一尊佛地拜下来，最后X先生停在一尊佛像之前示意我抬头。

于是，我仰见了，欢喜佛。

欢喜佛的造型源于密宗的"男女双修"的教义。男者盘腿而坐，右腿弯度较大，左腿曲于右腿之内，弯度较小，女者面向男者，双腿张开，丰润的臀部坐在男者的左腿之上，四臂相拥，胸脯紧紧相贴，赤身裸体做交媾状。

欢喜佛是属于藏传佛教密宗的本尊神，即佛教中的"欲天"、"爱神"。其中男身代表法，女身代表智慧，男体与女体相互紧拥，表示法与智慧双成，相合为一人，喻示法界智慧无穷。佛教各派均有佛像，但欢喜佛唯密宗所有，只有藏传佛教（喇嘛教）寺庙中才有供奉。

在佛教密宗中，彼岸的超验智慧"般若"代表女性的创造活力，另一种修炼方式"方便"代表男性的创造活力，分别以女阴的变形莲花和男根的变形金刚杵为象征，通过想象的阴阳交媾和真实的男女交欢的瑜伽方式，亲证“般若”与“方便”融为一体的极乐涅槃境界。这就是“欢喜佛”的宗教寓意。

起初参拜也不知仪轨，X先生亦只是粗略知道一些，待参拜完出门之后，在佛堂门口的一间燃灯房里见到老僧人在一盏一盏缓缓点灯。画面极美，极静，极动人。浊浊火光，仿佛是缭绕不去的往事。一时激动，我便掏出相机拍下了一张，准备再拍时被X先生制止了。

X先生说，不可拍，因为藏民认为光会把灵魂带走。所以，相机的闪光灯一闪一闪，总是不好的。听到灵魂二字，便觉沉重。也无法，只能在心里默念罪过。然后，便干脆将相机放回背包里，再未拿出，直至离开。

却仍庆幸，我留下了一帧美好的画面。

或许，将来它会像一句旧年的情话，寂静地搁浅在无人知晓的荒芜淡凉的岁月深处。

4

离开丹杰林寺，来到了酒吧街。

虽是在丹杰林喜路上，但亦有人称这条酒吧街为大昭寺酒吧街。一条小街，有餐厅、酒吧、纪念品商店。虽淳朴不足，但也

是极有生气的。再古朴寂静的地方也总要有一些商业的供人消遣寂寞的去处。

因彼时拉萨是旅行淡季，游客极少。所以，多数店面都是半掩半闭。但总是会有人的。每一间店的店面和内部装修都风格迥异。每一间店的店名亦取得很有特质。

有“二零零吧”。有“等吧”。有“拉姆拉措”。随意挑了“二零零吧”小坐。二零零吧是几年前开的。里面所有的桌椅、吊灯、柜台、墙壁全由男主人一人制作、装修完成，墙角还有一台老式电影放映机。看上去，颇文艺。

老板闲坐一旁，不上网，不看电视，独饮一杯酒。好是惬意。我与X先生坐在临街的桌边，也是心无顾念地看。谁也不出声，要的也只是当下的一刻清寂。是这样平静的一个地方。而不远处，就是大昭寺广场的熙攘人群和鼎沸人声。

偶尔，巷内会有少年脚踏滑板，潇洒掠过。

仿佛有风。吹过，好像就是一生。

日光倾城

1

旅行，就是行走，一直不停地行走。

心无旁骛又肆无忌惮地行走。

拉萨，天气那么好。日日晴天，日日有光。纵偶有雪落，也是挡不住那日耀目的光的。是那么清净的一个城市，连那日光落下来，都觉有一种安稳在。拉萨，城不大，我在的时候，恰逢淡季，人亦不多。孤自穿梭在那些低温的街道上，越走越沉默。却不觉冷。

要去布达拉宫的前一晚，从酒友的队伍里抽身出来，沿着八廓街，一步一步地走。随处可见伏地朝拜的信徒。有少年，有孩童。有女子，有老人。旧破的衣物遮蔽的不仅是单薄肉身，还有那些沉重又沉重，苍老又苍老，洁净又洁净的灵魂。

不敢轻易写“灵魂”二字。

在这里，却常用。

最后停在大昭寺前方，坐在路障石上，沉默。明日的布达拉宫里，定是会遇到更多的老灵魂。热爱这里的人，都是沧桑的吧。不是有沧桑的肉身，便是有沧桑的灵魂。忽想给远方的人写几张明信片，但拿起笔，又不知，能说些什么。

是太久没有给人写信了。

而所有的微细的感动知获，亦都无法被言说。

在这里。

2

次日是个好晴天。

因前一日冒失赶去布达拉宫时已是下午，被售票员告之，两点之前方才可以购票入内，这以后，是不能进去了。于是，才有了经验。第二日，顺利抵达，购票，入布宫。

入布宫之前，在旁边的一家名叫“雪神宫”的藏式餐厅里吃了简单的炒饭，喝了一壶甜茶。味道皆好，也很实惠。身旁皆是朝拜的藏民，因是旅行淡季，几无他族人。但餐馆生意依旧极好，没有单独空位。藏民亦热情，为我留出一个座位，愿意与我拼桌。

同桌的几名藏族中年女子，长得好看，会说汉语。教会我用藏语说“姑娘”和“小伙”。她们问我是做艺术行业的吗？我说不知道算不算。又问我第几次入藏。我说第一次。你会再来的，她们说。她们觉得我跟这里有缘。

是，我是一定会再来的。

3

饭后，一个人入布宫。

它看上去是那么雄伟宏大。盘山而上，仿佛是要长进云团，长进天空当中。红白相间，看着莫名有一种庄重和肃穆。人生，总是需要一些严肃的人、事，甚至物件建筑，来供你眺望，甚至信仰。布达拉宫便是这样的。无数信徒朝圣至此，为的不过只是与它靠近些。

布宫始建于松赞干布时期。

彼时，松赞干布只有十七岁，是真真的少年郎。却又实在不是平凡人，他看上了这块原本叫作“吉雪沃塘”的风水宝地，要在这里筑殿造城。而筑建布宫的前身，红山宫寨，便是这城池当中的第一项工程。

据史载，松赞干布时期，红山宫寨先后大约进行了三次重大扩建。初次是在公元633年，五世达赖在《西藏王臣记》一书当中，如是写到它筑建之后的模样：“其宫如帝释天堂移来人间，华丽悦目，

如天庭玉阶，高峻威严。宫成，遂与神变大军同住其内。”

第二次，大约是在两年之后，即公元 635 年。是受尼泊尔公主的建议，扩建了红山宫寨。萨迦派高僧索南坚赞曾在《西藏王统记》一书当中详细记述了二次扩建后的宫堡。赞它：“论其静美，则等同于大自在天之胜妙宫殿，视无餍足……世绝其伦。”

第三次，是在文成公主嫁与松赞干布即将入藏之前。松赞干布深为求得上国公主为妻荣耀，觉得理应为公主重新筑建宫室。于是，红山宫寨有了第三次扩建。

但那些古旧沧桑的建筑，终究是敌不过人祸天灾和历史烽烟的，日渐破败，破败，再破败。终致成为一片荒凉入骨的废墟。晾晒在红山上，像是拉萨城的一块疤。愈合不了，消失不掉。

直到公元 17 世纪中叶，五世达赖着手重建。

彼时，它终于有了新的名字：布达拉宫。

从公元 1645 年藏历四月初一，布达拉宫重建工程正式开工起，布达拉宫经五世达赖之后完成了白宫的筑建工程，又在五世达赖去世八年之后经第巴桑结嘉措执手，完成了红宫的筑建工程，于此，方才落定成而今你我可见的宏伟模样。

布达拉，是梵文“普陀珞迦”的变音。据佛经记载，普陀珞迦是观音大士的道场。由于历代达赖被视为观音大士的化身，当中亦供奉着极神圣的观音像，所以便以“布达拉”来命名这片宫群。

布达拉宫，依山垒砌，群楼重叠，殿宇嵯峨。看上去好雄伟，实在是横空出世的，那么桀骜不驯地立在红山之上。坚实墩厚的花岗石墙体。松茸平展的白玛草墙领。金光耀目的顶。三万丈日光落下，罩着它，实在令人不能不敬畏。立在山脚如我的人，忽就小到尘埃里，变得好轻好轻。

入宫门之后，跟随人流顺着石道往前，盘山拾级而上。多年前，我尚是无知少年，却已神往这一处。到而今，进得这里，与佛祖靠得那么近，是真，也幻。想到这一处，心，忽然就激动了。

路上除了三三两两的旅行团，如我一样的散客不多。倒是遇到一对来自广东的夫妻被我记得。男子瘦小，女子却胖，样貌是寻常的，着装亦朴素，在旁人看来许是极普通的一对爱人吧。但我却将他们记得那么深刻。他们就那样，手牵手，一直走，累了休息，然后再走。他喂她喝水，她替他擦汗。举手投足全不做作。

而那眉目之间，尽是深静的温柔。

他们经过的事，悲与欢，我皆不知。他们将要遇到的事，离与合，我亦不能预料。但这一日，他与她一起牵手旅行，走在进入布达拉宫的石阶上，已是得尽了爱之荣光。拥有对这段感情最真切的把握。

爱，原本便不在过去，也不在将来。只在当下。

是，还是有爱的。这凉薄的人世间。

到大殿门口，我也微微有倦意。山路毕竟山路。是需要好体力的。要进入的一刹那，忽然慌张了。是，这一刻，它就在我的面前。触手可及。从少年梦想里，拉近到小说创作中，再到旅行地图纸上，最后，它竟果真就矗立我面前。咫尺之遥。

是带着一颗极温柔的心，我走进了布达拉宫。

4

藏香。
清缈悠远，似风似海。

壁画。
鲜丽郑重，绵延不绝。

还有，走廊。
幽暗深长，回环寂静。

当中的佛像、木雕，甚至将人与物隔绝的防护玻璃，亦都是有光的。信徒们在面前连成长长的队伍，步步生莲。好深重。那一种虔诚、静定，是不能被描写的，无法被言说的。他们用手触摸，用额顶碰，甚至亲吻，然后倒撒酥油，念经，祈福。每一个步骤都是仪式，每一个步骤都在指引他们，靠近真相，接受光。

信徒里，老人和幼童最令人心动。背负着，或者搀扶着，缓慢又缓慢地在各佛殿里行进，那眼神、表情，似灵魂出窍一般，用生与死在跟佛祖交流。偶尔也听到擦肩的导游背下的历史。那一些辉煌或暗淡的过去，而今，皆已散灭。

布宫的意义只是在于，它是一种寄望。

是信徒寄养信仰之处，寄养光的地方。

在布宫幽深回廊里穿行了几个小时，直至见到灵塔。众达赖喇嘛的灵塔。我终于静定了。是一种肉身仿佛要消散的静定。是一种仿佛触碰到了生死边界的静定。是一种仿佛有佛光从天落下照在面上的静定。尤其是五世达赖的那一座，是那样高大。如山，如天，在俯瞰我。

布宫里的每一砖每一瓦，每一幅壁画，每一尊佛像，甚至每一位僧人翻动经书时的每一句念词，都融汇了极丰盛饱满的寓意。如果有一日我说要出家，那布宫定是缘起。当日定是缘起。

我的拉萨之行，定是缘起。

至于布宫内里，更多微细之好，实在笔拙不能言。

5

从来路来，从去路去。

自布宫出来，亦是傍晚。但天依旧晴好如晨。以至于我以为拉萨这处是没有夕阳的。但其实，我知道，那夕阳只是来得要晚，晚很久。沿路下山时，柔金的日光照在拉萨城上，从红山山腰望过去，美得令人惊心。鬼斧神工，也不过就是这样的水准了。

是一种粉蓝相间的光覆在这城池之上。

这一日，原本约了 L 小姐同行。但 L 小姐先我几日抵达拉萨，布宫已经来过。她说，布宫有一种向内的力量，过于强大，她若是多去几次，怕是真的就不愿再离开了。是果真如此的。所以，L 小姐说，我离宫之前简讯告知她，再与我碰面。

下山找到 L 小姐之后，L 小姐喊饿，吃了简单的便饭之后，二人直奔八廓街。J 小姐说，她前日在我住的酒店看到我随身带来的书里有一本介绍了八廓街上及附近的小寺庙。很是纷繁。意欲好好走上一遭。我听来觉得提议也甚好，便应声同往。

6

旅行，有人为逃离，有人为艳遇，有人为了等待一切将要发生的事，有人为了忘却一切已发生了的事。而它之于我，只是行走，行走，行走。一直寂静无声、心无挂虑地走下去。走许多人走过或是无人问津的路。

走路，看风景。

在诗一般的暮色当中，我离开了布达拉宫。

流散的人

1

去宗角禄康是一次意外之行。
虽是意外的，但又是极美的。

似，烟烟人海，与那人擦身再回眸，见她亦在望你。
是一场温柔艳遇，有一种妙在微处不能言说之美。

依然要说初欲入布宫而不得入的那一日。当时，被告之来得晚了些不能入布宫时，心里不是不遗憾的。但转念一想，拉萨之好，藏地之好，便好在处处是景，举目可见皆是美皆是妙，皆有寂静不可言说的好。

于是，我便索性随着围绕布宫转经的信徒队伍走。想，即便进不去，在布宫四周绕一绕走一走也是好的。因了这么一走，便走到了布宫后面的宗角禄康。对于初至拉萨的我，无知无觉的陌生，总能带来意想不到之欢喜、之奇迹。纵然那喜那奇，落在别人处，未必有心动。

对于常入藏或是熟悉拉萨城中构造的人来说，未入布宫去宗角禄康，根本是一件极顺便的事。顺便到理应无知无觉才是。但之于初次入藏来到拉萨的我，它却实在是不得不好好写下一笔的。

歌德说：奇迹在相信它的人眼里才是奇迹。

是如此。

2

随信徒队伍行进，沿宫前马路走，到拐角，转弯。是一排沿宫墙而列的转经筒。很长，很远，仿佛没有尽头。朝圣的人都知道，信仰的事，是无期的，是真真正正恒久的。越过转经筒，就是另外的天，另外的地。

彼时，尚不知此处有名，只觉是一片依托布宫而建的公园。构造亦不复杂，一如你我常见的一般。不同的是，拉萨的天空有鸟。三三两两或成群结队地低矮飞行。我走走停停，看人，看鸟，看面前的那片湖。

问当地藏民，说此湖是一片人工湖。因当年挖土兴建布达拉宫而成。湖边有桥，越过桥，是一座寺庙。即是盛名在外的“龙庙”。这座龙庙相传是六世达赖仓央嘉措和第十三世达赖土登嘉措的闭关静修之处。庙里供奉着龙尊王佛、狮吼观音和八大龙王像等。

关于龙庙，还有一段传说。

相传，在拉萨以东，曾有一名龙女因当年受莲花生大士点化开始信奉佛法。后来，更是身体力行，神通助人，并在桑耶寺等寺庙的初建时以神通相助，对藏传佛教的弘扬起到了极大贡献。大昭寺建成之后，龙女又常常幻化人形，随信徒前往大昭寺朝拜。

但某日破晓时分，五世达赖起身向布宫外眺望时，却发现而今龙女竟无栖身之所，孤自息于树间。于是，五世达赖便决心在湖心为龙女修建庙宇供龙女安居。直至六世达赖，龙庙方才筑建完工。

龙庙在湖心，远观似孤岛，好寂寥。

从龙庙出来，沿着湖走。左手边是日光碎落的龙王潭，右手边是隔着婆娑树影忽隐忽现的布达拉宫。而我，孤自走在当中，周身分明许多人，却总觉得那一刻，这一处独属于我。世界那么大，那么贫穷又那么荣华。而我只是需要，抽身来到这里，在布宫身后，在龙王潭边，走一走。

据公园的管理人员介绍，此处是在西藏民主改革之后才被辟为公园。几年前又进行了一次彻底又严谨的整改、规划。被分为民俗活动区、生态水景区、龙潭胜迹区、亲水活动区、文化活动区等五个片区。各有琳琅景，而我行过的，大概也只是冰山一角。

走出公园不经意回头的时候，才看到石碑。这才知道，原来，它亦是有名姓的。它不是孤荒的。它叫，宗角禄康。

宗角禄康。听上去是好硬朗的，而内里分明又是极温柔极浪漫的。宗角禄康，是藏语音译的说法，意思是“城堡背后的龙庙”。也被俗称为“龙王潭”。宗角禄康，实际指的是整片“宗角禄康公园”，龙王潭只是其中的核心之景。走在去往八廓街喝下午茶的路上，回想着宗角禄康，内心忽地竟很感动。

感动于湖，感动于风，感动于飞鸟。
感动于脚步，感动于擦身而过。

读书的时候读到类似的句子，作者说：在这个时代，我们相爱便只是为了相爱，流浪也只是为了流浪本身而已。活着，就是一生一世的行走，而我们可以做的亦不过只是尽可能地多看这缭乱又寂寥的世界一眼。我们忘乎所以地记录跟追求的，其实，往往只不过是一次足够纯粹的感动。

写得是那样好。多走，多看。
人生在世，有感动，就够了。

3

在离开的路上，遇到了来自成都的 A 小姐。

起先A小姐是来向我问路，虽我一看便是外地人的装扮，但并非所有藏民都会汉语，既与我擦肩，拉住问一问也是无妨。也是要去八廓街，却不知道怎么去，又实在是着迷在拉萨街头闲走之趣，便坚决不坐车，只步行，一边问路一边走。实在也是惬意。

但我也不熟，也是做了与她同样的打算，虽终究也没有问出个答案，却多了个伴，不是也很美妙？A小姐是个极爽朗又热情的女子，得知我亦是从成都奔赴拉萨，便喜出望外，做好与我家长里短的打算。遇到对的人，聊天也实在是极好的事。

关于“聊天”二字，舒国治在《理想的下午》里有这样几段文字写得好，既已谈到这件事，引来共飨觉得深有必要。

他写：

> 七十年代是最好的聊天的年代；并且，那时候台湾可能也是全世界聊天最好的地方；须知美国便不是。因有聊不完的话题，有聊不完的电影与创作概念，还有多之又多、毫不感腻的各方朋友，便此造成台北竟是一块几乎算是最能激励创作的小小天堂了。至少我的创作与聊天甚有关系。我越是在最后一班公车前聊天聊至热烈，越是会在回家后特别有提笔写些什么之冲动。譬似那是适才汹涌狂论之延续。
>
> 人和人能讲上话，并且讲得很富变化、很充满题材，这是多美的事。有的人一辈子不聊天，他的情思如何宣吐？有的人只爱听，不发表自己言论。亦有人抢着讲，不听别人说；这是较

怪的，或许称得上是过度幽闭下的精神官能症。

写得是很好的。我与 A 小姐的聊天自然是极好的那一种。自然，这大部分都是 A 小姐的功劳，我的谈资到底是略显庸乏。

A 小姐年岁不大，刚刚大学毕业，自谋了一条生路。旅行，拍照，写作，办展。她是真真要活成艺术家的。我痴长几岁，她便唤为我兄。A 小姐虽天性活跃，但却大气，且极为有礼。虽出身单亲，但家境优越的她本可以女承母业，而她却是一颗琳琅心自有天地。孤独的成长环境带给她的全然不是所谓童年阴影，而是通透。

人生在世，需要的只是一些爱，一些暖。她说。

她母亲奋斗一生，要的亦不过只是一些无法从男子身上得到的安全感。而那本质，亦不过只是一些自给自足的爱和暖。而她自己尚年轻，母亲亦宽宏，于是放生她，让她去走，去看，去等，去遇。去赌一赌。

她说，世间女子何其多，能一生一世欢喜不休的又有几个。她也不指望自己会是最走运的那一个，但所谓人生，是要走出来，活出来的。她需要拥有完整独立的人生，不依附于母亲，赤身打拼。包括，生存。包括，旅行。包括，可遇不可求的爱情。

至于所谓将来的结果，那是命运的事。不是她的。她只负责，走。她只负责，活。她只负责，欢时尽欢，伤时尽伤。

她弱冠年岁，活出了耄耋智慧。

只是与A小姐到了八廓街，便各自告别，再未相见。相伴不过半小时，她却实在是我拉萨之行最美妙之“艳”遇。临别时，A小姐再三叮嘱，若是来日因着拉萨写书，定要给她来上温柔一笔。而今，落笔至此，却实在不敢知会你，若是来日你于某处见着了，但问一句：

亲爱的你，是否满意？

4

岁月总是荒芜，命运也自有定数。
世事悲欢，终抵不过黄土一抔。

忘了喜，也忘了忧。
无事，出门走一走。

已足够。

之二

今生·岁月长，衣裳薄

寂静或喧嚣

1

在拉萨，朋友不多。
只有那么几个。

是初相识的，却又仿佛是前世故知。
是少数愿意与之相伴携手同游的人。

X先生。L小姐。J小姐。

以及后来交识的F小姐。

要去色拉寺时，跟几位友人打了招呼，J小姐和F小姐在拉萨有固定工作，时间并不完全自主。所以，到最后，常常与我在一起的，总是X先生，或是L小姐。色拉寺之行，是X先生、L小姐外加我的三人短暂之旅。

约见在“风转”咖啡馆。

拉萨城不大，色拉寺位置较偏。在市区以北五公里，色拉路尽头的山脚处。从“风转”出来在北京东路打车去往色拉寺，亦不过十几分钟时间。彼时，一行人没有料想到，回程的车是极难打的。去时，心里是一片明媚。在拉萨，因着喧嚣铺张的日光的缘故，获得好心情总要比在别的地方容易得多。

在西藏，也总是要更容易忘记那些生命当中不得不经历的隐忍、艰辛、无奈、疼痛、辜负和伤害。生命在这一处，变得纯粹。无有计较，欲念减少，时间浓缩至沿途的佳美风景也已来不及看，哪里还腾得出时间去在乎世间原本即无可恋慕之悲、之伤、之苦、之难、之黑暗的光。

2

罩在暖金的日光下，我们走进了色拉寺。

色拉寺本是宗喀巴大师闭关著书之处。由宗喀巴大师的弟子大慈法王释迦耶协于公元 1419 年建成。与甘丹寺、哲蚌寺并称为藏传佛教格鲁派三大寺。和之前所提及的上下密院并列为格鲁派的最高学府。入寺学习的僧人极多，虽定制五千五百人，但实际数量远大于此。

寺院的主殿主要有：措钦主殿，色拉昧大殿，密宗院大殿。

去之前，便知道游人参拜色拉寺，多是为了观见色拉寺的辩经

活动。X先生之前曾几次来访，每一次都在观见辩经活动花去大部分时间。我们来的这一日，天静无风，日光柔新。依照顺时针方向，我们由左侧小道入，右侧大道出。

入寺便见道旁蓊郁成荫的老树。抬头几番观赏，竟弄得一时间忘了光景时令，错以为彼时正是丽色满园的人间四月天。这个冬色如春的色拉寺，实在是静美如画。仿佛是不以时岁为转移，永久会保持这个青翠如命的模样。

绿，真是一种极好极妙的色。
见着见着，人便静了。

连不喜拍照的L小姐都忍不住请我为她拍照留念。风景，就是用来路过的。本无须映照下来，存为照片，见证时岁流失光阴渐老。但遇到美煞人的，也是无法。倒不以为人与那景合影是流俗的事，只是L小姐一如我，愿意拍的素来是景，不是自身。

一番走下来，便遇见了寥落的。所以说，风景如人生，哪里会有一路蓊郁一路言笑的。总是会有萎靡的，甚至是破败的，残损的，枯萎的。许多房殿在粉饰翻修，不时便尘埃满面。也不能入内参拜，只能远远看一眼，便匆匆擦肩而过了。

但马头金刚像还是有幸得见。

色拉寺，除了辩经，措钦大殿内的马头明王金刚像也是盛名远播。马头金刚，梵名 Hayagriva，是观音大士千万化身之一。马头金刚形容愤怒。但这凶恶之形容，却是帮助修行者降魔除障的无限慈悲心之表征。几乎所有进入色拉寺的人，都会将头伸入马头明王金刚像所在的神龛内，用头触碰雕像基座，以祈福佑。

其时日头正好，诸多佛塔、黄铜塔顶和转经筒被日光照着，熠熠有光，看过去庄重神圣却不失优雅。最遗憾的是，“色拉”在藏语当中意为“野蔷薇”，本因寺院山下长满蔷薇而得名，但此番去时到底是冬日，未能得见。那么，来年，定是要再来的。

为了见那一树一树似不衰朽的蔷薇花开。

3

走至色拉寺北端的辩经场，时是下午三点。身尚未入，耳已有所闻其内抑扬顿挫高低有致的辩经声。不时夹杂着用力拍打手掌的声音。入辩经场之后，方才知道击掌声是寺僧们的发问手势。被问的僧人盘腿坐在草地上，发问的僧人立在一旁，一边击打手掌一边念念有词地发问。饶是有趣。

辩经，是指按照因明学体系的逻辑推理方式，辩论佛教教义的学习课程。藏语称为“村尼作巴”，意为“法相”，是藏传佛教喇嘛攻读显宗经典的必经方式。这种方式最早源自印度。公元 792 年，吐蕃三大法王之一的赤松德赞从印度请来莲花生、寂护等高僧，入

藏弘法。

彼时，西藏亦有不少汉僧，领头的僧人叫大乘和尚。两派为争取信徒，展开了一场论战。因汉僧习练禅宗，讲究的是心领神会的顿悟。注重的是心灵和感性思维。于是，不敌擅长逻辑思维，强调正误推判的印度佛教，败下阵来。这次辩经论战，史称“拉萨论争”。自此后，藏传佛教便有了辩经的传统。

那日的辩经场很是热闹。许多围观的游人在拍照。僧人们亦是三三两两排成各自不同的辩经组合，有些一对一，有些一对多。诘问者许是有击掌手势的缘故，看上去咄咄逼人。答问者却总是气定神闲，极是淡静。佛法禅理便在这短诵长吟、低念高唱的辩经声当中升起、盘旋、灌顶。

那一种身心合一专注信仰之热情，之欢喜，实在是不能不刻骨铭心的。精深佛法，微言大义。但辩经声下的一举首一顿足，都是一种佛法真理的传递。也难怪，习佛的人总是会说，去拉萨定要去色拉寺的辩经场走一走。

走着走着，仿佛自己也是皈依人。

走路，拜佛，净心。
看破，放下，自在。

4

离开色拉寺时，已是下午四时。

马路荒芜。
人车寂寥。

而我们，静静地，走着。
所谓，旅行的意义，也就是如此了。

寺与宫

1

哲蚌寺。

真真所谓“群山深处有仙境”。

它是世界第一大佛教寺院。坐落在拉萨城西郊十公里左右的格培乌孜山脚。哲蚌寺宏大，若是打算去参拜，要提前，最好是上午，因寺院当中许多寺殿下午闭门时间早。

前几日，路遇短乘的一位出租车师傅，其人温和有礼，给我留下了极好的印象，便留下了师傅的电话，说日后若远行，必定预约师傅的车。去哲蚌寺那日，给师傅打了电话。师傅是汉人，父母是当年的援藏干部，他随父母入藏之后便落地生根了。

师傅说，去哲蚌寺好。他平日里生意寡淡时，也总去朝拜。他说，好几世达赖喇嘛都曾在哲蚌寺居住过。是这样的。第二世、第三世、第四世和第五世达赖喇嘛都曾居于此处。

车抵达哲蚌寺售票大门之后，以为便到了。但购票之后司机师傅说，还有一段蜿蜒盘旋而上的很长的山路。于是，又载我行至哲蚌寺真正的入口。那一段山路，不陡，却看着险。盘旋似龙蛇，弧度却又温柔。车外，山景迷离，是初相遇，又似久别重逢。

2

哲蚌寺是达赖喇嘛的母寺。

该寺由宗喀巴的高足绛央却杰大师于明代永乐十四年，即公元1416年建立。原名“白登哲蚌寺”，后简称“哲蚌寺”。“哲蚌”在藏语当中是“米堆”之意。一如之前所说，它是世界上最大的佛教寺院。虽同色拉寺一样，也有定制的学僧数额，为七千七百人，但实际人数往往逾万人。

寺内原有七大札仓（经学院），后合并为洛色林札仓、果莽札仓、德扬札仓、阿巴札仓四大札仓。现寺内的主要朝圣建筑有甘丹颇章、措钦大殿、文殊殿、绛央却杰修行洞和四大札仓等，大都是明清两代陆续修建的。

入寺之后，便发现寺院内有朝圣路标。许是依照朝圣路标参拜的缘故，一路走下来，惊觉哲蚌寺内部殿宇结构犹似迷宫，殿宇之间关联极为紧密，房房相扣，却又错落有致。

图案如生雕工惊艳的大殿立柱。美轮美奂的织绣经幢和挂幢。色彩鲜丽却庄重的唐卡。还有鬼斧神工的佛像和壁画。一件件，一桩桩，都令人难忘。以至于而今回忆起来，亦如再次身临。那些几乎是要令人感动至落泪的宗教艺术品，怕是此生再难见到更好的了。

但哲蚌寺之好，却终究被她们的艳与寂，喧宾夺主了。

亲爱的T小姐。
美丽的P小姐。

3

张曼玉和王祖贤的《青蛇》，看过，深爱着，甚至为它做了文章。文章的标题便是《青蛇》。写的是女子与女子的情爱之媚、之惑、之妖娆诡丽、之哀艳凄楚。

自当年《断臂山》热映之后，便常见到这样的句子，类似于——“爱，没有性别之分。只有爱，或者不爱。”并不确定所有使用过这几句话的人是否果真心口如一。但而今，我在哲蚌寺里遇到了你们，我十分确定，你们的爱情美丽过世间很多很多人。

T小姐。P小姐。这样称呼你们，你们是不会介意的吧？因为T小姐，你是那样磊落洒然又大气的人，而P小姐，我也从未见过温柔如你善良如你的女子。

入寺不久，我便远远看到你们。手牵手，漫步走。后来，是T小姐看到我，飒爽跑来请我为你们拍照。我只是拍完随口说了一句“真好”，T小姐便热烈地拥抱我，说谢谢。于是，我们交识了。交识到了如此美妙的你们。

T小姐爽直，但话不多。你们的故事多数都是温静的P小姐，缓缓知会与我的。我想，如此美妙的爱，理应是要与世人分享甚至解惑的。因这世间人情贫瘠如龟裂的土地，眼看着已了无生机。更枉论纯真渐少谎言嚣张的所谓爱情。

是，我危言耸听了。

但想必你一定知道，善与恶，美与丑，与生俱来便共生的道理。而善的、美的，却又总是被恶与丑蒙蔽在前，以致我常常以为我的危言耸听说不定才是真相。而你们，让我惊晓，原来古诗词里的“十年生死两茫茫，不思量，自难忘”的爱，是果真有的。

你们虽无有生死两别，却也果真十年了。而你们结识时，却是在我昔日以为最不可靠的酒吧。P小姐说，其实酒吧里，也不全是贪图艳遇的红男绿女，也有只是贪图人气，祛除孤独之寒气的，仍旧以爱为食的，深情笃定的，落寞人。自然，贪图艳遇，若艳遇生情了，也未必是坏事。

都是自小便了解自己性取向的女子。于是，在幽暗里，隐忍中度过了自己的少女时期，直到在酒吧里遇见了彼此。不是不曾有过迷离颓靡的时候，但 P 小姐说：

总是会有一个人，能让你停下来，不再走。

出柜，与父母彼此伤害，逃离，出走。你们的感情，较之寻常男女的，充满了更多阻碍和伤害。亦不是不曾绝望过，但 T 小姐说，人活着，要有信念。有信念的人，什么苦难都能过去。遇到风遇到浪便一蹶不振的人，定是没有信念的人。

后来，T 小姐的妹妹未婚先孕之后却遭遇分手。她生下孩子之后留给父母，出国远走，一去不回。是不久前，T 小姐把孩子接来，为父母分忧。至于当年彼此伤害时说出的情绝的话，在 T 小姐心里却是全然不算数的。她对父母说，生养之恩大于天。而其余的，总有一日会好起来。慢慢就好了。

于是，T 小姐的父母，哭了。

后来。P 小姐的兄长也离婚了。他娶回的第二任妻子天生顽疾又无法生育。父母并无积蓄，兄长清贫，无法支付治疗费用。在父母唆使兄长与女子离婚时，P 小姐赶回家中打断父母的念头，拿出自己所有的积蓄挽救了一个家庭。而她又仿佛忘记那一年是兄长恶言羞辱亲自将她扫地出门的。她说，他是哥哥，并不恨他。

于是，P 小姐的兄长，也哭了。

世爱之痛、之难、之艰辛与苦，没有值得不值得，只有愿意不愿意。而你们所经历的一切阴霾、暴风、疾雨，甚至山崩地裂之哀，都是值得的。有人写过这样一段话：

“有信念是多么好的一件事，信、望、爱三者，爱最大，望是桥梁，但信排第一。没有信念，这个世界不好的一面只会更加糟糕，好的一面则显得不堪一击。”

一如 T 小姐所说：人活着，要有信念。

说得真是好。

4

在哲蚌寺参拜的一路上，我仿佛也经历了许多。

T 小姐和 P 小姐带给我的，希望和感动。

还有，那些生活里无法替代却值得拥有的哀与恸。

这些年，你们几乎什么都没有。除了爱。

但是，这已很足够。你们是知道的。

孤　独

1

已经决定好了 / 做个做梦的人 / 一个不切实际的人 / 就算青丝变成了白雪 / 皱纹也渐渐 / 爬上曾经光滑的脸庞 / 就算心里的梦 / 永远不能实现 / 希望我是特别的 / 拥有神奇的力量 / 因为在很久以前 / 有一种不能忘记的声音 / 它将我唤醒 / 带领我穿越现实的迷雾 / 在那里我才找到 / 真正的自己 / 于是我知道自己不是随便的花朵 / 只为梦幻的声音而绽放 / 虽然一切就像流水奔腾不复返 / 那些声音 / 不会枯萎 / 感谢音乐能让我发现 / 一个更加完美的世界。

恰好去时，听到的是姜昕的歌。
《我不是随便的花朵》。

而它们，都一一盛放在，乃琼寺。

2

从哲蚌寺出来之后，告别了 T 小姐和 P 小姐，前往乃琼寺。只是决定时，T 小姐已将车开出去好远。忽意识到，两寺相距虽不过一公里，但这山路盘旋，从哲蚌寺步行至乃琼寺仍要花去不少时间。正踌躇是否步行时，身后传来一男子的声音。

喂。

回头去看，他果然是在叫我。因此时打车十分不便，他见我立在哲蚌寺门口许久，便猜想可能我在寻车下山，于是，便问我实际情况是否如他所猜测的一般。我说是，正准备顺道去一趟乃琼寺。他说，正好，他可以顺道载我一截。连忙道谢之后便钻入他的车内。

他是 D 先生。

穿皮衣，牛仔裤，登山靴。戴黑框眼镜。五官硬朗，是很好看的那一类。年长我十岁。车内简单几句对谈，便可知道 D 先生极有内涵。读过许多书，也爱书法。磊落、大气。

车到达乃琼寺后，我再次谢过便先行下车，但不料 D 先生却未继续行车下山，转而将车停妥，小跑过来说，既如此也随我一同入内参拜。

乃琼寺很特别。它并不属于藏传佛教四大教派的任何一派。寺中所供奉的是印度的白哈尔王护法。“乃琼”二字藏语当中即是“小地方”的意思。事实也是如此。乃琼寺的院落面积极小，但它在信徒心中的分量却是举足轻重的。

乃琼寺只有一座佛殿，佛殿分三层。二层供奉的是宗喀巴大师像等，三层则供奉着高达六米的莲花生大师像。与D先生依次参拜时，在楼上佛殿的殿廊当中发现了极美的几盆花。依次并排，齐整又温静。十分迷人。D先生爱花，忍不住拍下许多照片。

顶楼房殿较小，殿前天台有大片空地。在天台，有一群灰白鸽子停憩围墙之上，犹若在等待远方情人，眺望的目光里有一片蔚蓝深海。彼时，D先生盘腿坐在满是尘埃的地上，整理相机里的照片，丰盛的日光洒落他身，照出一种光晕。

看上去，竟觉他有些寂寞。

不好去打扰，我便孤自立在围墙一旁眺望。但乃琼寺已靠近山脚，视野不算开阔，可见的只有，远处村民三三两两走在山路上。身负重物。那些背影看上去沉重、苍白又空洞。人生只为一字“活”。活着，活下去，好好地活。累于生计的人们，山色再好，落在眼里，却也不过是翻越之艰、徒步之困的表征。

也因此惊觉，旅行仿佛是奢侈如梦的一件事。

但其实不是。人生亦如旅，自哪里走，以何种方式途经哪里，而后又要往哪里去，原本即是各自相异的。有人想，带上一只时髦的包、一张或许是从北京到巴黎的飞机票，就好。有人却想，要身着粗布衣裳，亲骑单车，一点一点地在地图上画出一道蜿蜒不绝的线，才好。

总觉，世欢有限，世痛无尽，但重要的是要知道，生命何其单薄，任何一种欢或痛，皆是你此生此世对生命的不可替代之偿付。但所历经的蚀骨之痛或销魂之欢皆是有定数的，终有一日，生命会变得齐整，而这，却不是你我应管之事。你我，只管活，并与命运做朋友。

心宽喜乐。

万事如此。

3

当日从乃琼寺出来，D 先生执意要送我回酒店，盛情难却，除了连连道谢也是无法。到酒店之后，举头已是暮色，便恳留 D 先生，想要请他吃顿饭以慰 D 先生之热忱。一顿酒足饭饱之后，D 先生兴起，问我晚上可有安排，若是没有，干脆舍命陪他去酒吧再将酒儿喝起。

自己也已在兴头上，便一口应了他。

兰陵美酒郁金香，玉碗盛来琥珀光。跟 D 先生在酒吧好一番痛饮，直至凌晨两点。席间，D 先生跟我说了许多话。而我，有幸让他信任，让他可以心无罅隙地说起曾经。仿佛一酒成故人。而事实上，D 先生在我眼中，亦是值得交付内心的人。

前几日见到 J 小姐为她的新男友写的几句话。

她写：“一个男人从青春期开始，便在弱肉强食的商业里打滚，过早褪去青涩的外衣，接受狡诈阴险的现实。努力获得制定游戏规则的权力，这是他多年来不断往上攀爬的唯一信念。久经商场的人不容易被看穿，只有在熟睡后，才会不经意流露出内心孩童的特质。”

仿佛，她写的便是 D 先生。

D 先生虽也来自外地，但在拉萨有房产，今日开的车亦是新买不久的。出身优渥，自名校毕业，后出国游学，归来之后子承父业，带领企业。如是一年、两年、三年、五年、十年。已过而立近不惑的年岁，终于到了谈婚论嫁的时候。

但此时，他却在逢场作戏的处境当中心生他念。是从未有过的，抑或是原本他即是如此的。只是日复一日年复一年地自我奴役，困缚了内心。以为长成现在的模样才是理所应当的事。但终究，人一生一世永逃脱不了的是与生俱来的最隐蔽的情性。

情感困缚，一旦被突破，总有颠覆整个人生的力量。它会迫使你回望审视来路，并耽溺于摆脱困缚后之自由，会一心想要革新人生路数，来一次重新开始。去往那一条数年之前便应踏上的路。婚姻压力是 D 先生人生转折之导引。

他拒绝所有无爱之形式婚姻。因他忽然发现这是他此生所剩的唯一尚未被故知侵略的事。甚至昔日相识相交的女友，实质上亦都是在父母之命下以生意当筹码来相伴的工作对象。但而今，他日渐强大，几可独当一面，许遵循往日来路，会有更畅通的未来。但他已无旧日昌盛的欲念。

无爱之人生的悲剧性，他一清二楚。

更何况，他所需的爱，又是好特殊。

他宁愿以囚徒的姿势，去苍老，去纵情。也不愿以浪子之心，去枯萎，去流徙。而他又是好爱拉萨，于是，在这里置下一处无人知晓的房产，每一年来这里休一个好长的假。来拜佛，也等待。人生何其短暂，又何其漫长。但，等爱，总不是荒废。

要从酒吧离开时，D 先生给我看了一张照片。年岁如我的青年。他说，现在你知道，为何与你一见如知，仿若故人了。因为，你跟他，好像。我，唯能沉默以对。而这，是一段他并未知会而我亦将永不知晓的故事。

4

心逃不出身的束缚。

身亦躲不过心的追捕。

这，便是旅行的甜蜜与惆怅。

ནག་ཆུ།
那曲
NA QU
妥如
岗秀
海拔：4513m
上海
拉萨

色即是空

1

世间相遇，皆是重逢。

F 小姐是在 J 小姐组织的一场饭局上交识的。四川人。为人素朴，待人真诚。初识印象便极好。后来几次交往下来，便走得近了。近到，而今每忆念及拉萨，便不可避开她。从陌路，到初识，到相知，到故人。她一如那日傍晚扎基寺上空的天，澄澈，湛蓝，净到会落泪。

而她分明又是一身梨花带雨。
却又铿锵如弗拉明戈的女子。

见你，如见故人。

2

扎基寺，亦叫“扎基拉康”，或“扎吉寺”。位于扎基东路。它被官方宣传是拉萨唯一的财神庙。虽言过其实，但扎基寺内供奉的扎基拉姆像据说是求财运最为灵验的。

去扎基寺，是在傍晚时分。与F小姐驱车抵达时，寺旁小贩，两位热情的拉萨中年女子告之已临近闭寺时间，说先直奔中间大殿抓紧参拜为好。于是，两人一路小跑进大殿。

主殿入门之后，左侧供奉的便是扎基拉姆像，中央的佛坛上供奉着格鲁派寺院共通的祖师、本尊和其他佛像，至右侧出门时可见主殿大门右侧供奉着一尊土地公像。因距离闭寺时间很近，便未能依照之前所探听到的参拜仪轨顶礼。

匆匆拜后便离开。

依照原本的仪轨，理应先选好日子。据当地百姓的说法，周三是参拜扎基寺扎基拉姆像求财运的最佳时日。而后，准备好白酒，以及草香跟哈达一类的供品。在扎基寺的周边便有数家贩售供品的小铺。

朝礼时，信众们先在寺门外的煨香炉里点燃桑烟，将它扔向煨桑炉，面对熊熊燃烧的烈焰口念六字真言，“唵、嘛、呢、叭、咪、吽”，同时往火堆里撒糌粑和青稞，再将白酒、哈达带入寺内。

在顶礼扎基拉姆之前，将白酒交与负责接受的寺僧。僧人会将所有白酒倒入一个专用的器皿当中。最后，朝圣者再将哈达敬献于扎基拉姆像，祈愿福祉。

关于扎基拉姆，传说纷纭。比较广为人知的说法有两种。一种是说，她本不是拉萨本地的护法。本只是异乡的寻常女子，追随一位色拉寺大师来到藏地。但因她形容殊胜妙丽，惹得当地不少雌妖女鬼嫉恨，于是，众妖孽便齐心下毒加害于她，并斫去她双足，其状残忍。

后来，扎基拉姆以神通将毒药逼至舌中，并就地拾起一双鸡脚替化作自己的足，虽美丽形容不再，但她却因此得以活命。因见扎基拉姆神通过人，众妖孽自知不是对手，也便无奈各自退下，日渐人宁事息。

另一种说法是说扎基拉姆本是大唐宫女。因奸人陷害，死时又被剁去双脚。其状极惨。含冤惨死的她，幻化成厉鬼，心生歹念，四处游荡，祸害人间。当她飘荡到拉萨时，被莲花生大师作法降伏。

后因人神皆对狰狞暴戾的扎基拉姆有所惧畏，大师便派她镇守拉萨的无数财宝，也因此，她日渐被奉为拉萨的财神。而今所见的扎基拉姆像亦正是一副狰狞的形容。怒目圆睁，面色黢黑，外露长舌，十分可怖。

扎基寺本是上世纪六十年代之前的一座格鲁小庙。据当地藏民说，在清代，正因扎基拉姆本身是异乡人，于是扎基寺便主要为拉萨汉人和驻藏清兵等异乡人所信奉。异乡人将扎基拉姆视为保护神。

而今，我也是异乡流浪人。

只是，人的欲念总是成海成壑，终难以填满。于是，便有了扎基拉姆的传说，继而有了扎基寺，再继而有了源源不绝的欲念之香火。幸我而今的参访不求名不求利亦不求财，只是匆匆赶过来，与它打一个照面。以慰寂寥。

慰寂寥。你看，凡胎肉身如我，终究避不开地，对它依然是有所图念。但在尚算年轻的时年，我总是对自己十分宽容，腾挪辗转，内心始终有为一己私欲装裱隐藏的地方。

但所谓成长，亦不过就是如此。
日渐看清自己，而后靠近真理。

而这，也是旅行的某种意义所在。

3

离开扎基寺后，F小姐让我陪同她去一趟同位于扎基寺路上的西藏民族饭店。F小姐说当年自己大学毕业实习时教导自己的老师现在西藏民族饭店工作。即已到了此处，去拜访老师总是应该的。

西藏民族饭店，距离扎基寺很近。步行几分钟就到。饭店外部装修陈旧素朴，但一早听闻F小姐说，西藏民族饭店内中装修精致

且陈设有许多西藏艺术家的艺术珍品。虽对类似的所谓“传统文化与现代艺术相结合”的酒店装修并无好感，但看一看也是无碍的。

入酒店之后，陪同F小姐与她的老师小聚。继而由酒店负责人带领，一层一层地看完了酒店内所有的艺术品。有版画，有国画，有书法，有雕塑，确可谓是琳琅满目。但总觉得，它们理应有更好的去处，以蓬勃，以超越。而不是在酒店内腐坏、枯萎、朽毁。

忽然想，来日，得去一趟法国。

去巴黎卢浮宫看看据说每件展品只看一眼只花一秒也要耗费九个小时才能观览完的艺术品。去看看，那里的艺术品给人的观览感受是否果真与这一处置设如花瓶的有着天差地别。虽也未必果真就好些，但至少，一定比此处的，有强劲的生命力。

你知道，我说的差别，并不是艺术品本身。

4

而好时光，始终不在这方寸虚丽之地。

它一直都在，无尽又无尽的路上。

路遇之喜

1

于微细之处发现美。

这是 L 小姐的天赋。细碎之丽，经过她，总要放射出一种不可忽略的甚至会是深刻的美。在意细节的人，总是对生活严苛以待、计较到底。而这一种计较在 L 小姐身上，又是完全不妨碍她大气磊落的生活态度的。她的细节在深处。

而生活，一直很安静。

自那日改变计划半途去往小昭寺后又直奔甜茶馆，L 小姐便一直绸缪再次邀上我一起完成她始终未能如愿的八廓街小寺庙之旅。素来形只影单孤自行事的 L 小姐说，不知何时，也开始对周身无人的境况惶恐。有个人陪，总是好的。

我亦如是。

2

那天，整个下午，我与L小姐都闲在路上，闲在拉萨奢华的日光里，闲在小寺小庙的烟火中，闲在诵经声里，闲在朝礼跪拜的眼神和掌纹内。一直一直地走。从北京东路到藏医院路，到八廓街。再折回。如是再三。

下密院。木如新寺。木如旧寺。财尊殿。
达布林藏康庙。噶玛厦藏康庙。绕赛藏康庙。
苍空尼院。拉萨萨迦寺。
南方三怙主殿。西方三怙主殿。

它们在L小姐眼里，其妙其好许要胜过布宫和大小昭寺以及其他。一如她遇见，一朵花，一只猫，一道影，一堆碎裂的碗盘，一张脏旧的弃桌，一块鲜色的顽石，要胜过坐在咖啡馆里一杯卡布奇诺打发的下午。

而我许是因她之濡染，或是因这个下午闲走的时光，也越发着迷于所有路遇的，孤独、微小、落寞、隐蔽甚至无人问津的好。真正的风景，总是不在固有的建筑群里，或是人迹反复的去处，总是在这些不经意间的发现和遇见里。L小姐说。

3

下密院和木如新寺毗邻。是与L小姐从北京东路开始闲走，第一站去的便是下密院和木如新寺。彼时，日照甚好，身闲心静。沧金的日光，淹没拉萨老城区的这两座旧寺。苍老又苍老的白色围墙里，是陈旧又陈旧的金色殿房。衣色鲜丽的寺僧和信徒穿梭其间。

而我和L小姐，仿佛是行走在中世纪的油画里。

因这一日参拜的皆是老寺旧庙，非是游人络绎的旅游景点，所以都是无须购票免费入内的。且外人游客又极少，可遇见的非是当地信徒即是寺中僧侣。抑或是，三两只流浪的猫和振翅欲飞的鸟。

下密院和移至小昭寺内的上密院，皆是格鲁派僧侣习佛的最高学府。当然三大寺也是与之并列的。它是由宗喀巴大士八大弟子之一的喜饶僧格大师于公元1410年创建。旧时的下密院原址不在拉萨城内，到十八世纪方才迁移至此处。

下密院招收学僧有独特的传统。特色便在于“僧钵”。据说，在下密院的每个学僧都拥有一个前辈传下来的旧钵。只要有新僧入寺，便会得到一枚旧钵，直至僧人毕业或离开寺院。如是循环反复，形成一种僧侣之间以钵承继的传统。

在下密院的主殿，我们遇见了在殿廊等身伏拜的几名比丘尼。

因主殿大门的厚重帘幕闭合着，怕兀自闯入会冒失，向比丘尼询问之后方才入内。敞静的大殿里，是寺僧们正在打坐诵经，排成两排。温黄的光照着，一时间竟恍惚至仿佛不知那些光是从哪里来。温柔又肃重地洒开，披在人身上，镀上一层金辉。

我竟呆住，看至迷茫。

从下密院出来之后便入了木如新寺。木如新寺，严谨的名称应是"木如札仓"，也被称作"新木鹿寺"。木如新寺占地面积大约七千平米，是拉萨老城区除大昭寺之外最大的一片建筑群。入寺时，见到寺门旁也挂着名曰"印经院"的另外招牌。

大约是在十一世纪时，木如新寺有了雏形，但宗派不详。后随着寺庙的扩张，开始改宗格鲁派。至十九世纪，木如新寺成为德珠仁波切世系的摄政府邸。在二十世纪八十年代，寺庙被西藏话剧团占用。直到 1989 年，寺院方才被发还，原先的配殿成为主殿，原先的主殿则供拉萨印经院使用。

木如新寺而今的主殿大约是我在拉萨参拜过的所有寺庙殿房当中最具人情丽色的。远看，仿佛它只是一座郊外被主人悉心照看的繁复农舍。阶前，植种着雅丽的花草盆栽。殿前，是朱色立柱和金色木质围栏。廊下，则有依栏而置的陈旧木椅。

喝一口水，坐一坐，定定神。

然后起身，入殿，拜佛。

而其他的，藏匿于八廓街东南西北各角落的小寺小庙，因有下密院和木如新寺在前，纵现惊喜，也要来得缓慢温柔许多。倒是苍空尼院（俗称“仓姑寺”）的甜茶之甘美与光明商店甜茶馆的甜茶不相伯仲，令人很是难忘。仿佛，落笔时，尚能闻见它的不二之香。

4

至傍晚时分，各自告别。

别前，L小姐想去书店。

在藏医院路上，有一家盛名在外的古修哪书店。也是在那里，L小姐跟我说起了一些沉重往事。极痛又蚀骨。世间情分本稀薄，而她与我，各自已走过二十多年，时至今日才在这里相逢。她原本亦无须给予我相信的。但正因如此，人与人之间，因着一些微妙的因缘，无意滋生出的信任总是会令人心暖如有晴天日照。

抑或是书店里传出的那一首《Only Time》的缘故。她想起了他。L小姐说，她的兄长生前爱极了Enya。而至这个冬日，已是他去世的第三年了。

命运这回事，是无解的。死亡也是。但来去终有时，只要活的

时年里问心无愧，离开这纷扰尘世，也定然会有欢乐的去处。也或者，正是亲眼经历过死亡，面对人生这个深阔的课题时，L小姐方才要比别的同龄女子多出一分通透来。

也不知道我在这世间还有多少时间，既如此，那不如在这极有限的时辰里，多走一些路，多看看这世界。L小姐说。

是，停下来，多看看这世界吧。

RES

山　路

1

天葬。

幼年曾听父亲提过，但年时渐长，便也就记得模糊了。偶尔回忆起，隐约有血腥的知觉。除此之外，并无其他了。是，记忆无时无刻不在提醒我，时光如流，年华似水，而我终有一日会老去。年岁再大些，才在书里读到更为细致和准确的关于“天葬”的事。

在拉萨也曾听有人提及某处某处有巨大的天葬台，某时某时曾亲眼所见天葬如何如何的肃重与诡秘。而我，一直想要给记忆一个关于“天葬”的精准记号。因它之于我，仿佛是寻探藏文化的一个出口。于是，那日 F 小姐在电话与我闲谈时提到它，我很自私地打断了她。

你刚说的天葬台在哪儿？

帕崩喀。

2

次日。

与F小姐约好。在酒店门口会合之后，一起驱车前往宝伞山。因寺在山中，所以驶离市区之后，要盘山而上，山路盘旋并且略陡。上山尚有出租车可乘，但下山时若没有司机来接却实在是件很麻烦的事。下车之后，沿窄小山径向上登行几分钟便是帕崩喀寺寺门。

帕崩喀寺，也被译作“帕奔岗”。位于拉萨北郊的娘热沟内，宝伞山下。山下有路牌。路牌与寺里的石碑所刻写的亦不同。路牌所写是最常见的说法，即“帕崩喀”。但寺中石碑刻写的，则是“帕邦喀”。

帕崩喀距离色拉寺近，起初对于拉萨地理不够熟稔，因此也不知道。直到那日与F小姐驱车上山往帕崩喀去时才从司机师傅处得知。它在色拉寺的右侧。附近还有曲桑尼院、格日尼院和吉祥法林等小寺庙。

与为尼泊尔公主和文成公主筑建的大小昭寺一样，帕崩喀寺也是当年藏王吐蕃松赞干布为妃子所筑建的道场。曾在此修行的大德高僧更是不计其数，大约也是因了这样的缘故，虽然帕崩喀并非人群熙攘的热门去处，但在藏民信徒心中，始终拥有极为重要的分量。

藏传佛教史上的第一代比丘（共七位）即桑耶七觉士，以及莲花生大士、静命大师等都曾在修行。文成公主和吐蕃王朝世袭当中的第六位赞普赤松德赞亦曾在此居住过。

帕崩喀寺因盘踞山间，面积不大。寺院由斋戒殿、胜乐宫、文成公主楼组成。由寺门往上，最先看见的便是斋戒殿。殿旁有一座龛。龛内供奉的一只眼，直接绘于墙体上。据说眼之纹路是天然显现出的，后经尼泊尔工匠依照绘色而成。

它是胜乐金刚三眼之一眼。

胜乐金刚，又称上乐金刚。藏语称“登巧”，蒙古语称“德穆钦格”。是藏密无上瑜伽部母续的本尊，是三世诸佛的金刚身、语、意所依，是诸佛功德的总集代表。也是藏密无上瑜伽修法中尊奉的五大本尊之一。

参拜时恰逢一家藏民，外祖母、母亲、女儿三人。关于这只眼的典故便是外祖母知会的。但她汉语并不流利，不时依靠立在身旁豆蔻年岁的孙女辅助翻译后告知我们。来帕崩喀的信徒络绎，但罕见游客。那一日，大约只有 F 小姐与我是携观览之心游拜的过客。

也因着人少，这一处更显得寂静可亲。

斋戒殿往上，便是胜乐宫。殿内供奉着释迦牟尼像、历代祖师像、密法本尊像和护法像等。并有一尊天然显现的珍贵度母石。胜乐宫的对面便是文成公主殿。殿旁不远处，有栅栏围墙圈出一块地。彼时，

只见当中有树，却已是初冬萎黄的神情。F小姐说，这是一株桃树，相传是当年文成公主居住在此时亲手植种的。

从帕崩喀寺仰望山顶，可见大片经幡覆于山体之上，皆是在险峻的高处。彼时便在想，如此在我看来做起来困险并具甚至可谓浩荡的事，在信徒寺僧心中大约是再寻常不过的了。因着信仰之心念，再险峻的高处，落在眼中，大约也是与如砥之平原无异的吧。

而天葬台，就在帕崩喀寺旁。

宝伞山的另一边。

3

往北。

沿着窄峻的山路。越过无数顽枯的山石和寥渺的经幡，便是帕崩喀天葬台。彼时不是举行天葬的时间，所以观览无阻。它被筑放在山间，远看只是一块再寻常不过的水泥平地，面积也不大。略走近时，可见陈旧血迹黏附平砥的山石之上。

F小姐嗅觉灵敏，时时闻见异味，身体极为不适。但我并无知觉，抵达之后知会F小姐下山在山道旁等我。而我则在天葬台，一步一步地来回走，一步一步地来回看，观览得甚是仔细。

从天葬台下来便是山道。路边是旷远山景，虽彼时不过只是晕黄泛枯的一片，却也淡静至极。有棉白山岚氤氲其间，也是别有仙意。F 小姐立在两头黑色牦牛附近一边拍照一边候我良久。

待要下山时终遇到难处，无车可乘。庆幸的是，恰有一对中年夫妻驱车下山路过身旁，未及我与 F 小姐招手，车便停下，问我们是否下山。实在是运气好极。总能在需要帮助的时分遇到热心藏民。

在车里，和 F 小姐挤在后座，听她讲说自己来到拉萨之后所历经逢遇的人情故事，以及那些从酒吧听来的笑话，但见她的笑灿若桃花。就像未经世痛的女童，只凭一腔热忱在活。仿佛没有往事。

但这不是真的。

4

每个人都或多或少要伴随永不能弥补之缺憾过完一生。

我是。F 小姐亦是。是那样一个看过去明媚如花的小女子。静如月华，动若日照。待人以热忱，不求回报，行事为人皆极善的 F 小姐，却曾在原本应该与某某男子风花雪月体尝所谓情爱之温柔与暴烈的少年时分独自困囿在晦涩无望的少年的影中。

她也曾有温柔童年，但那好时光实在短暂。长至少年时，方才知道身世真相。原来，一朝一夕皆与之互爱亲近的人，不是生身父母。再大些，昔年对自己弃遗不顾的生身父母却又找上门来，寻求联络。是以如此不堪的时岁持续了很久，F 小姐到底因之送葬了一段明净温柔的童年记忆。

那些美妙的童年过往，再回忆时，温柔变尖酸。

而这些血亲一类的事，落在并不关己的外人眼里，不过只是不痛不痒无关紧要的小事。但落在自己身上，带给内心的暴动与绝望，犹似夜行列车飞驰驶过，其声其势，仿佛是在撕揭路面。是被一种仿佛深陷谎言活至今时今日却突然遭遇一切可亲可爱的过去皆幻灭散尽的巨大黑洞覆罩住的绝望。

这令我想起电影《The Truman Show》(《楚门的世界》)。

其可怖之程度难以想象。

也因此，我多少是有些懂得 F 小姐的。幸而今，那些少年之痛，一如童年之温柔，终究是抵不过时岁变迁，总有一日会风化、会尘封、会寂静无声。世事皆是如此。唯有生之希望不消减、不淡灭。如此，方才能隐藏古旧的秘密，巧妙地度过一生。

我如是。
F 小姐如是。

芸芸众生亦如是。

传　奇

1

彼时对它无所知，只觉其名优雅动人。

罗布林卡。初听到，实在觉其美妙。

在拉萨的那些时日，与它路遇数次，但总因种种未能入内游赏。直到将要离开的前几日，又记起这一处，方才决定去看看。

拉萨，不同于别处。它犹如一片碧蓝深海。一叶扁舟出海小游可见的总是狭小。而我，抵达之后，总是野心勃勃地想要观见一个完全。而它与人的亲疏，唯有时间可以度量。我却似野心家，竭力想要打破这圈禁锢，但终究知道是徒然的。于是，便一而再地，一日一日，来回又来回地走，来回又来回地看，来回又来回地想。

并且知道，一年一年，都会来此远航。

而今，我到了这一站。

罗布林卡。

2

罗布林卡。

它是历代达赖喇嘛的夏宫。建筑以格桑颇章、新宫、湖心宫、金色颇章、达登明久颇章为主体，有房 374 间，是西藏人造园林中规模最大的园林。已被辟为人民公园。

它始建于公元 1755 年。彼时，七世达赖喇嘛因腿疾需要前往罗布林卡所在之处沐浴疗病。当时此处尚极荒芜。但因七世达赖需要常居此处疗养，于是便开始垦修此处，筑建宫殿。直到八世在位期间，方才竣工。加之后来的历代达赖皆对它有所翻新扩建，日渐形成而今宏阔的规模。

也不同于别处，它是拉萨城内少有的宗教氛围并不浓厚的地方。也因此，来这里朝拜的信徒不多，游客也少。去的那日，更是恍若无人，孤自走在林荫道上，煞是寂静。连洒落在地的阳光，也无声无息，静宁如无风之水。

虽彼时清寂，但每一年藏历六月底七月初的雪顿节，罗布林卡之热闹却是城中无双的。倒也不遗憾，与其在人潮当中焚心难耐地参览，倒不如在如此清寂的时令，孤自游赏。也未必不成欣悦。

入口立有路牌和行宫的地图。格桑颇章。措吉颇章。金色颇章。

达旦明久颇章。仲增颇章。夏典拉康。所有宫殿名目皆明细清楚。依照地图所示的路线，沿着大道走，依稀记得，最先看见的大约是格桑颇章。

格桑颇章是一座三层建筑。金色围墙耀眼且漫长。格桑颇章内有佛殿、护法殿、集会殿、书房等。并供奉着一尊第八世尊者的六臂玛哈嘎拉护法像。宫后有小殿一座，是七世达赖依赖历代尊者禅修之地。

内有猛犬，对生人十分警惕，仿佛吠声即是生人止步的意思。寺僧饲养这条犬，置于后宫小殿的门前，大约本身即是不愿被扰。所以，我便也知趣地转身离开，不好擅自入内。

罗布林卡整座行宫之内植种有各色花木。虽是冬日时分，但这一处的花木仿佛不以时令为转移，依然可见青草满地。纵是那渐枯的高木，也似顽劣少年，极任性地要留下几绺青碧，枯亦不愿枯得彻底。亦有杨树高立，虽不繁密，但也颇有韵致。立在路旁，整饬如诗。

而今，罗布林卡虽已辟为公园，但是我对宫内动物园的规划依然十分不解。整座行宫独有此处不伦不类，落在我眼里，实是瑕疵。

行至达旦明久颇章（即“新宫”）时，开始遇见一些朝礼的信徒和零星游客。达旦明久颇章，意即“永恒不灭之宫”。它始建于 1954 年，竣工于 1956 年。宫内主要由南殿、尊者的书房卧房、藏经阁、

禅修室、法会殿堂、饭厅、尊者之母的房间组成。内部陈设因有部分极现代的生活用具，所以看过去，略显突兀。

而我以为罗布林卡之最美，不在他处，只在湖心宫。园内有清湖，湖中有禽鸟，湖上有小桥，桥头则是庙。湖心宫，可谓是罗布林卡的园中园、林中林。路牌上写的是藏名“措吉颇章”。这组筑建在湖水中央的汉亭式宫庙建于八世达赖在位期间。

门后是通幽曲径。高树溁溁。道旁是碧色草坪。以质地陈旧的木栅栏相隔。坪中有石桌石凳几许。入园是在下午时分，已在行宫内观览一段时间，微有倦意。席地将背包放下，整理照片，翻阅游记。听代青塔娜的《GAYATRI》。又有温顺花猫跑踱来，伏在身边。

是极美好的一段下午时光。

也是在这个时候，Z小姐叫住了我。

3

Z小姐是要采访我。

一如她已采访过的将要采访的她所遇并以之为有趣的背包客。蒙Z小姐抬举，她坚持认为我看过去也是有趣的人。那么，也好，坐下来，聊一聊。彼此，说说朴素生活和遥远梦想，说说曾经和过往，也说一说，未来和希望。来用一个下午的辰光交换故事。

彼时，是Z小姐采访我，而今，是我在写Z小姐，以及她的C先生。至于我自己的事，来日方长，总有一日会说与你听。

是年。已是Z小姐定居拉萨的第十年。Z小姐，今年三十七岁，却看过去如我一般的年岁，实在令人讶异。仿佛她的青春期是恒久不息的。而这实在非是如我一般的哀喜不绝于心之人可以做到的。但凡那颗心窄一些，终有一日就老了。

倒是C先生，算是上了些年纪。年长Z小姐十九岁。而与C先生相识那年，Z小姐正是十九岁。Z小姐说，那个时候，初见他时，便觉怎么看都是好，中意一个人是天性里的事情，第一眼其实就已经知道后来了。

那时，C先生来她的学校办一场讲座。

她素来是羞涩的人，是连与陌生男性说话都会面红耳赤的那一种。但她心智又好成熟，分明知道，这所谓“娇羞”原本即是一件好做作的事。但也是无法，性格使然。只是这个傍晚，在空阔的教室里，她仿佛将蓄积了十九年的勇气一次都用尽了。

那日，他是以书法家的身份作一个以大致是以“书法与人生”为主题的讲座。来听他讲座的人不多，百人的教室大约是二三十人，原本也是很寂寥的。但Z小姐，自挣扎站起提出第一个问题之后，

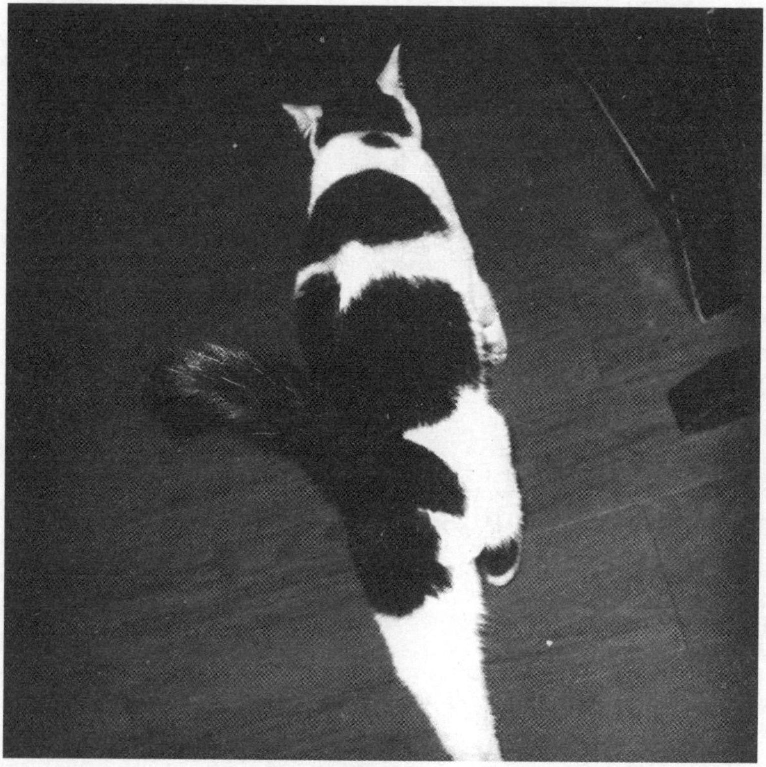

这讲座便就成了他们二人的事了。也忽自就热闹了。

那热闹，是热闹在两人心里的。

三十八岁的C先生一直未娶，孤自一人生活至与她相遇。在那个年代，实难想象。Z小姐说，他在感情的事上一生都是被动。但也好，是如此的男子，才能有真正清简磊落的一生，可不为情滥所困。是十九岁的Z小姐开口的，要与他在一起。

Z小姐说，C先生对他好极，连先生自己也说，除了母亲，从未有女子令他记挂到那么深重的分上。但纵是如此，他却从来不提感情的事，一切任由它自生或自灭。Z小姐说，若不是她日渐自“娇羞”的阴影走出，日渐变得苍辣些，生生要将这感情的事拎清楚，怕是此生与他也就是另一番模样了。

后来，Z小姐毕业，去电视台工作。工作五年当中，C先生独自去往拉萨六次。日常，C先生亦总与她讲说起拉萨，讲说起藏区，讲说起佛教和信仰。Z小姐便知道，他骨子里是与拉萨这地方无法隔绝的了。但他也从不会提及类似安居拉萨的理想生活的话，只将拉萨当作念想。

依然是Z小姐。毅然辞职，提出与C先生定居拉萨。那一年，Z小姐二十七岁，C先生四十六岁。第二年，C先生终于向她求婚。第三年，他们的双胞胎女儿出生。到而今，他与她在拉萨已生活至圆满的第十年。

总有人说，世间已无传奇。
但是，我从来不信。

4

那个下午。

结束在Z小姐渐行渐远的温柔背影里。
结束在苍劲日照下罗布林卡的清风中。

拉萨就是这样一个令人疯魔的地方。
仿佛注定是生造传奇的疯魔之地。

它从来不迎合不媚宠世人。
但世人却疯魔般痴心向它。

而今，我亦是心甘情愿做一世疯魔之人。

烟　火

1

关于走路。

舒国治写：

能够走路，是世上最美之事。何处皆能去得，何样景致皆能明晰见得。当心中有些微烦闷，腹中有少许不化，放步去走，十分钟二十分钟，便渐有些抛去。若再往下而走，越走越到了另一境地，终至不唯心中烦闷已除，甚连美景亦一一奔来眼帘。若能自平地走到高山，自年轻走到年老，自东方走到西方，则是何等样的福分！其间看得的时代兴亡人事代谢可有多大的变化。

……

人能生得两腿，不只为了从甲地赶往乙地，更是为了途中。

旅行。就是，走路。
一直，不停地，走路。

走下去。

2

都说药王山的千佛崖是个极佳美的去处。

但要去的时候，却因实在仍有生疏，找了整个下午，也未能寻到去处。也是因寻路时总是引在一册旅行指南所见之名“摩崖石刻”来问，所以迟迟未能找到。当地的藏民似乎对“摩崖石刻”的说法并不熟稔，而事实上，我所寻之地其实叫“千佛崖”。

因J小姐说千佛崖在德吉南路，所以便直接从酒店驱车前往。但抵达之后来回寻走数次而不得，J小姐亦难以描述确切地址，便沿路走至罗布林卡路。几番问路，路人所指方向又极诡异地皆不相同，以至于又折回德吉中路往北，行至德吉北路。

后来才知道，往北则与千佛崖越来越远。

最终失去耐心，便坐当地三轮，让师傅将我带至目的地。因知道千佛崖位于药王山，但不确定是在哪个方位。于是，师傅便将我带至北京中路，布达拉宫对面的广场。师傅说三轮车不能入巷，便只能停在广场一旁。

走出不远，又问路几次，仍旧无果。终于放弃。但此时，恰见

桑耶寺饭馆
SNOW LAND TASH

大昭寺

一路牌。上书“普鲁岩寺”。来布宫几次，在北京中路亦往返过数回，竟不知亦有寺庙栖于此处。

药王山在布宫对面。普鲁岩寺便在药王山的山壁之上。它也称为“查拉普鲁岩寺”。它是拉萨唯一的一座石窟寺庙。建于公元七世纪，是藏王松赞干布为五妃之一所建。亦是有一千三百多年历史的悠久古寺。而松赞干布自己也曾在此处闭关修行。

寺院分黄白两座建筑。依照顺时针的参拜仪轨，应当是先入黄楼，再进白楼。黄楼当中供奉了一座尼泊尔公主像。白楼当中则有一尊于石面自然显现半凸起的释迦牟尼佛像。

有传说，因末法时期的众生无福德因缘得见大昭寺佛陀等身像，因此大昭寺等身像终将沉入湖底为龙族所有。而此处类似浮雕的释迦牟尼像正是因佛之慈悲心为让众生有缘参拜积集功德方才显现而出。因此传说当普鲁岩寺石像全身浮现之日便是大昭寺等身像沉入底下之时。

去时，普鲁岩寺位于山脚的燃灯房当中灯火摇曳。看着，仿佛一首会永不息止的乐章。立在门外，凝视了许久又许久。不忍离开。

从普鲁岩寺出来之后，见寺旁有一条窄小山道蜿蜒而上，又有二三信徒上下来往，便询问路人信徒所去是何处。路人告之，彼处是唐东杰布庙。山道很短，步行几分钟即到。入内只见几名比丘尼静心念经，无人告扰。

参拜时并不知唐东杰布之典故，只知此庙非是寻常佛殿，中央所供奉的白发白须人像亦全然不是佛教形象。起初以为是道教形象，但转念一想便知是不可能的。于是，心中有困惑。直到离开之后夜间在酒店看书时，方才看到了唐东杰布的事。

唐东杰布，生于公元 1385 年，卒于公元 1464 年。他是藏戏的始祖，亦是西藏著名的藏医、建筑师。幼年家贫，牧羊为生。但他勤奋好学，满腹经纶。自幼，唐东杰布即有大胸怀，年岁渐长后，他意识到藏地偏远，山高水险，交通极为不便，于是他便生发了念想，要在藏地筑建桥梁，助藏民生产安居。

他几乎是耗尽了一生的光阴，跋山涉水，为民众宣讲筑桥之功德。也是历经险阻，是真真用生命从质疑声里走出，赢得了官员和信众的支持。最终，于公元 1430 年在雅鲁藏布江上首次建成曲水铁索桥。他一生共建筑了五十八座铁索桥，被信众和后世赞誉为“铁桥活佛”。

其间，唐东杰布为筹募资金筑桥、造船、修路，组了一个藏戏班，卖艺筹募。也因此，他亦开始了藏戏艺术的生命之旅。完成了佛教跳神舞蹈向藏剧的过渡。他将佛教经典中的传记同民间传说、神话故事等内容融在一起，创作出一种具有人物性格和舞蹈、唱腔相结合的表演艺术，使过去那种单一的跳神舞逐渐地戏剧化，并从宗教仪式中分离出来，形成了藏剧艺术的雏形。

所谓传奇，便是如此。

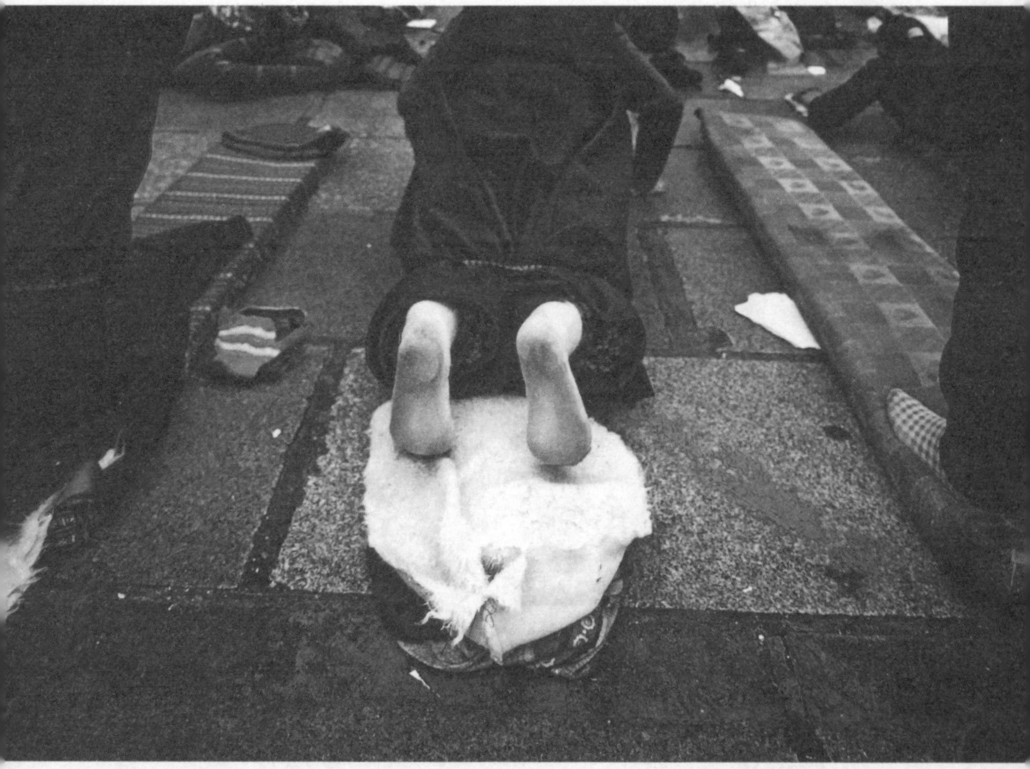

而在真正探定千佛崖位置后第二次前往时，又被告知千佛崖的经幡起火，烧了小半片山，因此被禁游了几日。解禁之后，方才可以入内游观。执信好事多磨的道理。所以，有了第三次。

亦是和F小姐一起。

3

那日，F小姐得了空。说拉萨还有一处佳美地方未带我去。我问她是哪里。她说，千佛崖。所谓心灵相应，大约就是这个意思。与F小姐同行之体验，不同于与J小姐、L小姐、X先生以及其他的任何人。她仿佛是恒久的拉萨日照，始终有一种温暖能量递传与我。

以心待人之心字，在F小姐那处，变得具象。

千佛崖，位于药王山背后的东南面。在德吉南路上海大厦对面的巷子底。千佛崖的摩崖石刻，是拉萨外转经路（即“林廓”）的必经之地，是信徒们清晨转经之事必定会停留朝礼的地方。

山壁之上的千佛像亦是雕筑于藏王松赞干布时期。千百年以来，后世不断在这面山壁之上增刻佛像、菩萨像，以至于此处有“千佛”的盛名。清晨和傍晚是观览千佛崖的好时机，日照于山壁，鲜丽色彩熠熠有光，十分迷人。

越过千佛崖山壁是一座大藏经塔。灿金的颜色在日光照耀之下很是夺目。以为很喧嚣，却实在又是寂静至极的。藏经塔下是一排转经筒，转经筒的对面是一座玛尼石刻堆。堆似小山，很高大。而藏经塔，站在石刻堆的方位看过去，实在壮观。但其实，它并不高，亦不是真正完成的最后模样。书里写，它是一座半完成的塔。

这座塔是由一块一块刻有《大藏经》的经文薄石片堆垒而成的。信徒说，围绕此塔转一圈，可积累不可思议之无量功德。

而这座塔却不是藏民不是寺僧捐建的，是来自青海一名叫作道登达瓦的信徒朝圣至此之后化缘募资修筑而成的。传说他从青海抵达拉萨之后，参拜完所有的寺庙之后，行至此处，忽生念头，要在此处造塔积集功德。于是，他便坐在山脚下，一坐数年，风雨无阻。将一张一张皱巴巴的零碎钱币积藏起来，请工匠雕刻经文于石片之上，一片一片垒叠起来，成为而今的高塔。

朝礼此塔，亦是朝礼《大藏经》。

从大藏经塔旁的山道拾级而上，可见遍布药王山的大小佛像和石刻，间或有羚羊头骨安放其中。也见到了大火燎灼之后留下的伤迹。黑黢黢的一片山壁看上去极是暗惨，好像山在隐隐作痛。而我亦仿佛能感同身受。见着见着，便觉伤感。往日艳艳摇曳的大片经幡而今亦只剩残碎的经文，见者不忍。

F小姐说，一场大火，暴烈袭来，昔日的阔大与玲珑仿佛都瞬间

消尽，唯剩疮痍。连余烬也不再有。但这只是伤疤未愈之当下的感慨。其实，我们都知道，过些时日，一切都会好起来。一如药王山的烈火之痕，以及经幡的残骸。

只是那时候，我已不在。

4

离开药王山之后，我和F小姐沿着德吉南路往北，行至北京中路。F小姐说要带我去一家味道极佳的馆子吃饭。在布达拉宫的斜对面。是一家凉粉店。店名便是“老凉粉”。二人一顿豪食，直至撑肚，将碗筷叠好一数，竟总共吞下八碗。而今每每提及此事，F小姐都会厉声喝住我，佯装羞愧，不准我再往下说。

是小女子，耍起性子来，甚是辛辣可爱。

而那些相伴的温柔时光，如今仿佛化作记忆之沙。拉萨的劲风烈烈吹过，便成了一幅画。画中是，千佛崖下，我与你并肩朝礼参拜的背影，以及脚边枯萎的几朵孤凉之花。

流浪，狗

1

河流。

是大地之脉之灵。是芸芸众生之根之血。它承载的是一片土地之上所有的荣辱和福祸，孤独和苦痛。它天性即是悲悯的。心怀瞬息和永久，对时光迁变历史更迭报以沉默，以不可测之寂静。拉萨河，便是拉萨的肉身之依托，魂灵之归宿。

她一直，一直都盘桓于青藏高原的大地深处。日日夜夜反复撕裂一己肉身，来喂饲生命。这是她的使命。心甘情愿，以见周身生生不息。这亦是一条河流的母性所在。生养之恩大过于天。所以，拉萨河在拉萨人心里是浮世万象之依归。

是极其重要无可替代的。

2

拉萨河是蓝色的。

那一种蓝，是流动的极富生命力的，令人终生不能忘却的。它是与这方土地之上的生命连成一体的。是拉萨的母亲河。来到拉萨，不能不去拉萨河边走一走看一看坐一坐的。甚至，是应该去拉萨河中饮一口水的。

拉萨的老人们常说，拉萨河水有八种功德：一甘、二凉、三软、四轻、五净、六香、七饮时不损喉、八喝过不伤腹。掬饮一捧，便是一生造化。

拉萨河，藏语称“吉曲”。发源于念青唐古拉山南麓嘉黎里彭措拉孔马沟。北部和东北部与怒江流域相邻，东部与帕隆藏布和尼洋河相接，南部为雅鲁藏布江干流，西部和西北部为藏北内流水系。从源头始，至彭错、色日绒、绒麦、直孔等地，西南流经拉萨市，至曲水县汇入雅鲁藏布江。

它从念青唐古拉山南麓流下，在林周县的热振峡谷与桑丹岗桑雪山流下的热振河相汇；在墨竹工卡县的宗雪城堡前与拉里神山流下的雪绒河相汇；在墨竹工卡县的噶则古庙前与工布巴拉雪山流下的墨竹河相汇。而后形成拉萨河干流，奔泻两百公里，最后在曲水县朗钦日苏象鼻湾与雅鲁藏布江相汇。

是那样浩荡的一生一世，仿佛永不止息。

那一日，约上因未能抽出时间的J小姐之外的几乎所有朋友。X先生，L小姐，F小姐，一起前往了拉萨河边。相约在X先生的朋友在河边开的一件旅馆餐吧，名叫河岸5号公馆。

河岸5号装修清简大方，整间公馆主体呈天蓝和奶白相间。入门之后有露天小院，小院之后是餐厅，侧旁铁梯往上便是旅馆。是一群对生活充满热情的年轻人开的。来自各地，个个如火，灼烧着，情热着。见者欢喜。一行人陆续抵达河岸5号之后，店主为我们沏了一壶蜂蜜柚子茶，配上几块提拉米苏蛋糕。小坐了片刻。

后来店主说要带我们去河里漂流。但因皮艇不大，且河流很急，需要两人掌舵，而L小姐不愿凑热闹，F小姐又素来怵水，于是，便只有我和X先生情绪高涨地爬上了皮艇。

漂流不难，难的是沉重的皮艇没有沿河落水的地方，需要几人一起抬着从路面沿斜坡翻下，再沿遍布卵石的河滩前行百米，皮艇方才能够安全落水。两个店主好飒爽，撸起衣袖卷起裤腿，赤脚便走上了前。我跟X先生垫后，四人轮流将皮艇抬至水上。回时亦如此。

那水，极寒，又极清澈。

见着见着便总忍不住想埋头喝上一通。所谓“红山耸立，碧水中流”，说得真真是贴切。为保持皮艇平衡，我和X先生摊腿平坐

在皮艇内，店主知道我们经验不足，没有让我们掌舵。拉萨河，水流疾快，不时有清寒河水泼溅上身。只是可惜时令不宜，若是夏日，定是要跳进河里，游个痛快的。

安全起见，漂流时间不能太长，亦不便漂得太远。所以，上岸时，实有些不痛不痒，未能尽兴。但来日方长，总有机会，会让我与那拉萨河水亲近个痛快。

而拉萨，每年都有一个沐浴节。此节日亦是藏族所特有的。每年的藏历七月，是高原上夏末秋初的绝好时令，天静风轻，云淡日丽。雪峰高山之上的积雪也开始融水。一股股澄净溪流便沿着崎岖山脉流入江河。而此时，拉萨河南岸的宝瓶山顶上空，会升起一颗名为“弃山”之星。此时，便是“沐浴节”之日。

那一日。城中男女，不分老少，总是举家出动，来到河边，与水相亲。嬉戏、游泳，也会清洗衣物被褥。是以寓意洗净肉身之污秽，祛除灾难、疾病、烦恼和苦痛。积聚无限福德。

3

上岸之后，我见到了公馆主人的狗儿。

一条古代牧羊犬。一双澄净之眼藏在毛发之后，凝注人间。于是，我便想起了你，我亲爱的宝贝。姑且，爸爸将你写作 N 小姐吧。你知道，爸爸总是有一些奇怪的强迫症。

亲爱的N小姐。写你的时候，你就伏在我的身旁，啃着我的裤脚，不时翻着眼睛看看我。你的一双下垂眼和不时露出的眼白，总是能够一眼就将我看得愉悦起来。是如沐春风的温柔。

那日。在八廓街头，陪J小姐、L小姐闲逛时，接到家里的电话，说你病了。电话那头的声音听上去低矮憔悴，仿佛是要绝望了。彼时，你尚年幼，除了病痛，对于其他，你大约是并不知情的吧。

N小姐是一条纯黑色的拉布拉多犬。领回家时，不足两个月大，且已身患疾病。但她的第一个主人咨询兽医之后因医疗费用不薄便决定弃她而去，恰在这时，我遇见了她。我执信，遇见她，亦是她与我几生几世修来的缘。

只是她的前主人将她弃离并爽快贩售于我的时候，我并不知道她的身体不好。直到抵达拉萨，直到这一日在八廓街头，我才接到家中关于她的电话，说她病了。也是在她痊愈之后，因她的前主人与我保持了联络，讲说此事与那人听时，那人才告诉了我真相。

但这真相，其实并不重要。重要的是，她现在伏在我的身边，啃着我的裤脚，不时抬眼看着我，一切都是那么好。

以及，而今已与前任一起远赴南方城市离我而去的M小姐。M小姐是一只血统纯正的萨摩耶犬。天性顽皮，极爱撒娇。日日与N

小姐争宠不休。我亦是如此地想念你。你的长睫毛和双眼皮。你撒娇后仰时搭在胸前的小爪。以及，你好固执又好纯善的情性。

不知而今，你在远方，是否安好。

4

那日，前任打来电话，说很想念我。
而我，却实在不知道如何言对于此。

只是问了一句，M 小姐还好吗？

一 线

1

最后一日。

在拉萨的最后一日。是好闲惬的一日。拉开窗帘，坐在酒店的沙发里。屋外是阳光如瀑。一杯咖啡，一本书，便是一段上好晨光。闲惬最难得了。彼时，在人事纷扰里纠缠不休的，在苦情苦爱中心碎如纸的，那些时日，仿佛不曾有过。一切都在拉萨的日光里变得极淡极微小。最后寂无声息。

仿佛消失了一样。

一本十年前的旧书，巴勃鲁·聂鲁达的《二十首情诗与绝望的歌》。读完第二遍，终于还是决定去走走。而这一走，便走到了这一处。走到了，西藏博物馆的门口。

2

西藏博物馆，坐落于拉萨市罗布林卡东南角，是西藏第一座具

有现代化功能的博物馆。馆区中轴线上依次坐落着序言厅、主展馆和文物库房。整体布局结构严谨。

主体建筑分展馆区和库区两个部分。展馆区二层是西藏历史展览。三层是唐卡、动植物、玉石等专项展览和临时展览。一层是旅游纪念品商店。博物馆墙体用花岗石砌就，上端为藏式女儿墙即镶嵌柽柳女墙，屋顶用琉璃瓦覆盖。馆区层楼叠阁，回廊婉转。

而今是一个信息爆炸的时代。类似于博物馆一类的去处，几已完全失宠，少有人问津。一日一日都是空凉又寂寥的。能在最后一日里，念及此处，并入内参览，也是一件顶好的事。

各种质地和造型的佛像、菩萨像。历代蘸金粉、银粉、珊瑚粉等手写的藏文典籍。历代中央政府颁给大活佛的金印。金瓶掣签仪式使用的金瓶和玉签。鲜丽美极的唐卡。各种乐器、法器、手工艺品。

一件一件的展品虽在拉萨的历史长河中不过只是碎砖片瓦，但隔绝了漫长又漫长的年岁，而今它们依然能够幸运地被保存被览观，实已不易。它们就如同绝处逢生的生命，历经上古的劫数，历经人类的荼毒，却终究活了下来。

而每一个，却都以丰盛又丰盛的生命过往，成为风霜又风霜的传奇。所谓“沧海桑田”，大约也只有这一些古物方才能够诠释得妥帖，并且真切。

拉萨。这座城，起初不过只是一块凉荒之地。未被开垦，了无人迹，有的是呼啸寒风、慑人猛兽。有的是，大片的沧桑和无垠的荒凉。那时，它不叫拉萨。它被人们唤作“吉雪沃塘”。意思是说它只是吉曲河下游的牛奶坝子。

公元633年，松赞干布率领行军，从墨竹工卡出发，驰骋至此。这里，南北两侧山峦环抱。水草丰美、气候较之他处亦是温和。更有拉萨河东西横贯，有无尽之水。河之北岸又有红山、铁山、磨盘山三山耸立。自成天然堡垒。又东邻大唐，西通波斯，南向印度和尼泊尔。

在雪域高原之上，拉萨是风水宝地，一块难得的齐整平顺之地，又是雪域藏土的中枢之地。所以，松赞干布对“吉雪沃塘”有经年不变之情结。是如此之地，方才是大世之基。他知道。

也因此，这片叫作“吉雪沃塘”的蛮荒之地终于在松赞干布的规划引领之下，日渐成形，日渐成为雪域高原之上极盛的一座城。蓬勃至极。仿佛永不朽息。

3

简媜说：“当心胸无限空旷，悲与欢，荣与枯的情事，都像顽皮的松鼠偶然抛来的小果粒，你咽下后，微笑一如老僧。”在拉萨一日，如在他处十年。而我，仿佛觉得自己大约前世便是修行于此的僧，今生来报，以爱之亘古不老，以心之毕生不渝。

以聂鲁达的诗，致敬拉萨。

我喜欢你是寂静的，
仿佛你消失了一样。
你从远处聆听我，
我的声音却无法触及你。
好像你的双眼已经飞离去，
如同一个吻，封缄了你的口。
如同所有的事物充满了我的灵魂，
你从所有的事物中浮现，
充满了我的灵魂。
你像我的灵魂，
一只梦的蝴蝶。
你如同忧郁这个词。
……

我喜欢你是寂静的。

拉萨，这世间亘古不变的，寂静之城。

拉萨。

太美。

在拉萨。

或被旅途之流离泼溅得云蒸霞蔚。

或被旅途之颠沛映衬得朴旧素丽。

而今，我将要离开，忽然心里生发一种莫可名状的心酸。这实在不是矫情。做一件事，如同爱一个人，开始的决心是最难的。譬如，开始旅行。譬如，开始告别。对一座城市的钟情，亦如对一个人的痴心，无须理由，只有甘愿。

而拉萨，之于我。

深爱的不只有路上的，景。

还有那些不在路上的，情。

与J小姐买醉的深夜。

与X先生打桌球的傍晚。

与F小姐骑单车的下午。

与L小姐臭贫的早上。

与H先生去和众友人在KTV告别的凌晨。

离开的时候，没有让朋友相送。如此甚好，隔绝了那些缱绻不休又实在伤感的琐碎的恼人的舍与不舍，一个人走。就像当初，一个来，一个人旅行。来时那颗阴霾的心早已破土重生，在拉萨的日光照耀下变得金闪。所有的路途都将成为秘密，沉睡在三万丈日光之下。

在书里读到周云蓬一段极妙的话。

他写："我到处走，写诗唱歌，并非想证明什么，只是我喜欢这种生活，喜欢像水一样奔流激荡。我也不是那种爱向命运挑战的人，并不想挖空心思征服它。我和命运是朋友，君子之交淡如水，我们形影相吊又若即若离，命运的事情我管不了，它干它的，我干我的，不过是相逢一笑泯恩仇罢了。"

要和命运做朋友。说得好。
各干各的。各自安好。

在拉萨的最后一夜，听的也是周云蓬的《沉默如谜的呼吸》。当中有一首歌叫作《幻觉支撑我们活下去》。歌词是这样写的：

那是一片蓝葡萄 / 挂在戈壁的天尽头 / 云外有片大草原 / 有个孩子在放牛 / 道路死在我身后 / 离开河床水更自由 / 为了不断地向前走 / 我得相信那不是蜃楼 / 梦里全是湖水绿洲 / 醒来满地是跳舞的石头 / 啊，我的饥渴映红起伏的沙丘

我不要清醒的水 / 我只要晕眩的酒 / 清醒的人倒在路旁 / 幻觉带着我们向前走 / 大风淘尽了我的衣兜 / 失明的灵魂更加自由 / 我是世界壮丽的伤口 / 伤口是我身上奔腾的河流 / 啊，我的饥渴映红起伏的沙丘

我不要清醒的水 / 我只要晕眩的酒

我不要清醒的水 / 我只要如梦的酒

而那些做作无用的伤欢，轻如尘埃，请丢掉。去拉萨吧。沉入幻觉，不理人间。不管命运，只管活。活着，活下去，好好地活。

拉萨之旅，之于我的意义。就好像，你以为自己再不会爱的时候，竟又有人出现，将你领向光明。就好像，你以为筋疲力尽行将破碎之时，忽又见到赤色野花，于是，你知道，要爬起来，拍拍灰尘，走下去。向死而生。

酒，越喝越凛冽。
路，越走越醒劲。

保重。

回见，拉萨。

图书在版编目（CIP）数据

最远的旅行，是从自己的身体到自己的心：拉萨散步 / 王臣著 . —北京：现代出版社，2017.1
ISBN 978-7-5143-4695-4

Ⅰ. ①最… Ⅱ. ①王… Ⅲ. ①游记—作品集—中国—当代 Ⅳ. ① I267.4

中国版本图书馆 CIP 数据核字（2016）第 248281 号

最远的旅行，是从自己的身体到自己的心：拉萨散步

作　　者：王　臣
责任编辑：曾雪梅　崔晓燕
出版发行：现代出版社
通讯地址：北京市安定门外安华里 504 号
邮政编码：100011
电　　话：010-64267325　64245264（传真）
网　　址：www.1980xd.com
电子邮箱：xiandai@vip.sina.com
印　　刷：北京航天伟业印刷有限公司

开　　本：890mm×1240mm　1/32　　印　　张：9.25　　字　　数：206 千
版　　次：2017 年 1 月第 1 版　　印　　次：2017 年 1 月第 1 次印刷
书　　号：ISBN 978-7-5143-4695-4
定　　价：42.00 元